忑忐列車

列車

黃──里──詩──集

獻給我最敬愛的
大哥，黃正雄醫師；
他一個人盡了兩個兒子的孝道，
他也是第一個給我稿費的人。

【總序】

台灣詩學吹鼓吹詩人叢書出版緣起

蘇紹連

「台灣詩學季刊雜誌社」創辦於一九九二年十二月六日，這是台灣詩壇上一個歷史性的日子，這個日子開啟了台灣詩學時代的來臨。《台灣詩學季刊》在前後任社長向明和李瑞騰的帶領下，經歷了兩位主編白靈、蕭蕭，至二〇〇二年改版為《台灣詩學學刊》，由鄭慧如主編，以學術論文為主，附刊詩作。二〇〇三年六月十一日設立「吹鼓吹詩論壇」網站，從此，一個大型的詩論壇終於在台灣誕生了。二〇〇五年九月增加《台灣詩學・吹鼓吹詩論壇》刊物，由蘇紹連主編。《台灣詩學》以雙刊物形態創詩壇之舉，同時出版學術面的評論詩學，及以詩創作為主的刊物。

「吹鼓吹詩論壇」網站定位為新世代新勢力的網路詩社群，並以「詩腸鼓吹，吹響詩號，鼓動詩潮」十二字為論壇主旨，典出自於唐朝・馮贄《雲仙雜記・二、俗耳針砭，詩腸鼓吹》：「戴顒春日攜雙柑斗酒，人問何之，曰：『往聽黃鸝聲，此俗耳針砭，詩腸鼓吹，汝知之乎？』」因黃鸝之聲悅耳動聽，可以發人清思，激發詩興，詩興的激發必須砭去俗思，代以雅興。論壇

的名稱「吹鼓吹」三字響亮，而且論壇主旨旗幟鮮明，立即驚動了網路詩界。

「吹鼓吹詩論壇」網站在台灣網路執詩界牛耳是不爭的事實，詩的創作者或讀者們競相加入論壇為會員，除於論壇發表詩作、賞評回覆外，更有擔任版主者參與論壇版務的工作，一起推動論壇的輪子，繼續邁向更為寬廣的網路詩創作及交流場域。在這之中，有許多潛質優異的詩人逐漸浮現出來，他們的詩作散發耀眼的光芒，深受詩壇前輩們的矚目，諸如鯨向海、楊佳嫻、林德俊、陳思嫻、李長青、羅浩原、然靈、阿米、陳牧宏、羅毓嘉、林禹瑄……等人，都曾是「吹鼓吹詩論壇」的版主，他們現今已是能獨當一面的新世代頂尖詩人。

「吹鼓吹詩論壇」網站除了提供像是詩壇的「星光大道」或「超級偶像」發表平台，讓許多新人展現詩藝外，還把優秀詩作集結為「年度論壇詩選」於平面媒體刊登，以此留下珍貴的網路詩歷史資料。二〇〇九年起，更進一步訂立「台灣詩學吹鼓吹詩人叢書」方案，鼓勵在「吹鼓吹詩論壇」創作優異的詩人，出版其個人詩集，期與「台灣詩學」的宗旨「挖深織廣，詩寫台灣經驗；剖情析采，論說現代詩學」站在同一高度，留下創作的成果。此一方案幸得「秀威資訊科技有限公司」應允，而得以實現。今後，「台灣詩學季刊雜誌社」將戮力於此項方案的進行，每半年甄選一至三位台灣最優秀的新世代詩人出版詩集，以細水

長流的方式，三年、五年，甚至十年之後，這套「詩人叢書」累計無數本詩集，將是台灣詩壇在二十一世紀中一套堅強而整齊的詩人叢書，也將見證台灣詩史上這段期間新世代詩人的成長及詩風的建立。

　　若此，我們的詩壇必然能夠再創現代詩的盛唐時代！讓我們殷切期待吧。

二〇一四年一月修訂

【序】

忐忑接連著忐忑的黃色列車正在行駛中

蕭 蕭

　　忐忑接連著忐忑的一列車正在行駛中，我們要在這樣的列車中認識黃里。

　　關於黃里，寫論文的習慣我會很自然的加上（黃正中，1961-）。

　　我所知悉的，與一般讀者或許沒有什麼兩樣。黃里，出生於臺北艋舺，畢業於輔仁大學生物系，獲得東海大學生物學研究所碩士，服役於花東地區，退伍後就在花東地區擔任國中教席，娶妻生子，被很黏的花東土地所黏住。

一、畫像裡的黃里

　　我在臉書上看到他的（自）畫像：

不自覺想起同樣出生於艋舺的、早他十年的白靈（莊祖煌，1951-），想起的不是白靈其人、其詩，不是黃里與白靈在詩作上相會、相通之處，想起的竟是白靈早年所畫的小時候的自己。那是多年前我拜訪位居木柵的白靈公館，牆壁上掛著的一幅圖，粉彩畫像，菱角型的嘴有著捉弄世界的一抹黠慧神色，瞇瞇的眼睛彷彿要看穿參觀畫像的人，印象最深的是那緊緊皺著的雙眉，深鎖的雙峰，幾乎化不開的濃愁。畫這張畫像應該是白靈在臺灣師大美術系短暫當生徒的時候，證明了白靈的素描功夫、藝術天分，所以，白靈後來的演詩設計、詩的聲光，最近的布演臺灣（臉書），都可以當作是這幅畫像的幅射，另一種藝術才華的延伸。

　　這兩張畫像的畫者，都是在大學到當兵的年歲執筆完稿，一個選擇當前的容顏（黃里），一個選擇過去的童顏（白靈），一個黑白素描，一個粉彩妝飾，似乎有著截然的相異點，但仔細一比對，我們都看到了詩人無可或解的煩憂，黃里往下沉壓的嘴角，白靈攢簇的眉峰，難道這就是詩之所由來嗎？

這兩幅畫像都透露著不安的訊息、憂鬱的氣質，我不以為這與艋舺有著地緣關係，因為記憶中紀弦（路逾，1913-2013）的自畫像也如此讓人無來由的揪著一顆心，彷彿詩人都該如此背負人世間無來由的苦難。

二、《詩經》裡的黃里

根據《忐忑列車》黃里的〈自序〉，黃里與白靈曾經錯身而過。那時黃里還以黃正中行吟江湖的時代，白靈在「柯順隆專輯小評」中點名點到他：「最年輕的一代就這樣來了，他們包括了陳克華、王浩威、王耀煌、林燿德、許常德、陳斐雯、宋建德、林宏田、萬胥亭、黃正中、陳朝松、許悔之、羅任玲、柯順隆……，」（《四度空間詩刊》No.2，1985年8月），白靈看到他了，也喊了他，黃正中沒有大聲答「有」，不知為什麼，他，下車了。

如果他跟陳克華（1961-）、陳斐雯（1963-）、許悔之（許有吉，1966-）、羅任玲（1963-）等人繼續在路上、在車上，他現在會在哪一站、吞吐什麼風雲？

　　但是他下車了！

　　不過，很多人會在中途下車，愁予、葉珊都是。

　　很多人下車會再上車了，愁予、葉珊就是下了車又上車的人，黃正中也是。

　　愁予、葉珊下了車又上車，變成鄭愁予（鄭文韜，1933-）、楊牧（王靖獻，1940-），黃正中先變成黃里才下車，很多很多年以後（2010年）才又上車，還叫黃里。彷彿是一個新人的黃里。

　　愁予變成鄭愁予，愁字還在；黃正中變成黃里，黃字還在。但是，「黃里」寓意著什麼？揭露著什麼？我搜尋，搜尋到《詩經》，《詩經》中有黃里：

　　　　綠兮衣兮，綠衣黃里。心之憂矣，曷維其已！
　　　　綠兮衣兮，綠衣黃裳。心之憂矣，曷維其亡！

　　我們都看到了綠在上、黃在下，綠在外、黃在裡所形成的憂傷。正中下懷，心之憂矣！青黃雖相接，憂思卻不斷。黃正中改用「黃里」筆名，是否注定要將旅途中的煩憂一直置放在行囊裡，無法卸除？

三、生物所的黃里

黃里在天主教的大學讀生物科系，又轉往基督教大學繼續攻讀生物學。屬靈的Christianity或Catholic大學，生物真實探究、觀察、驗證的生物教學，二者會對寫詩的黃里觸引什麼樣的效應或啟發？這種情況會不會類似於白靈所屬的心靈探索也在化學世界的窗口眺望？是不是有屬於黃里自己的「一個內在的上帝」？

詩中黃里的生命觀或生死觀，是不是在靈與物之間來回激盪？那種真實的、肉體的第一線探索與心靈的馳遊、冥思，是否形成廣大的生命場域，成為黃里詩中掀葉撥枝隨手可以擷取的花果？

黃里曾經測試〈溫度對埃及斑蚊與白線斑蚊幼蟲發育之影響及其成蟲族群介量與產卵行為之觀察〉，是否因此悟及眾生的貴賤憑什麼定奪，溫度的高低對於生命的續存又有何種決定性的影響，生命力會在什麼樣的臨界點爆發？

因此，我們終於知道：黃里的詩所透露的，是對微小生命的能量與向度的思考跡痕。

四、王羅眼中的黃里

跟黃里同時在蘇紹連（1949-）的「吹鼓吹詩論壇」（網路與紙本）活躍的王羅蜜多（王永成，1951-）這樣看待重生的黃里：

「黃里經過了二十多年疏於創作、愛家、敬業的凡人生活，身體安頓下來，心靈卻有流浪感。他內在基底的召喚是常在的，詩的語言於存在的深淵裡總是躍然欲出，山林鳥獸蟲魚都成了觸媒。我想，也難怪他在重出江湖後，很快就釋出巨大能量，而且自喻為重生的詩人。」

「黃里，這位在吹鼓吹論壇中頗能進入他人作品中觸撫作者心靈的版主，赤子之心是常在的。對於黃里的詩創作，從青年時期以至於近期的，我總是感受到一種，發自心靈基底的，『曖昧的哲思，混沌的真純』，以致於流連其中。」（王羅蜜多：〈雨中，詩人敲打我的車窗〉）

不論雨或不雨，我們都要試著去敲打黃里的車窗，欣賞他的「曖昧的哲思，混沌的真純」以及其他的或然，因為黃里已在列車上。

五、《白色的微笑》裡的黃里

再度上車之前，黃里曾有兩冊詩集印行，一冊是《白色的微笑》，除作者名字「正中・B.K.」之外，不曾有任何可資辨識的（出版者、出版地）註記，依其詩末的載錄，大多是1982-1985年的作品，以標題詩〈白色的微笑〉來看則是年少波動的海上漣漪：

——有一則愛情故事

　　因詩集的蒙塵與花朵的永生

　　而結束

　　是結束了，那時黃里在「悸動的小船」，就像在後來的列車，「顛簸得更不安了」，悸動與不安，船上、車上，黃里一直在這樣的旅途上。

　　或者，看看總括其意的〈自序詩〉：

　　輕寂地旋轉在記憶與未來之間

　　來自遙遠的，

　　　　又將歸依於茫然

　　蒼茫中是誰以犀利的眼眸凝注？

　　一朵鮮紅的玫瑰緩緩飄落下無盡的黑色深淵……。

　　那是遙遠的、茫然的、消逝的過往，就像一朵鮮紅的玫瑰緩緩飄落在無盡的黑色深淵……

　　在《忐忑列車》上，黃里將《白色的微笑》內的47首詩留存了13首，放在輯一的〔一張／往事〕裡。

　　預言式的，或者說，鬼使神差地，《白色的微笑》裡就有了一首〈夜班車〉：

狹長走道上幾隻搖擺的手鬆垂，

錯置的鞋履是癱瘓睏睡的姿態滑落，

他平視隱沒雙肩的椅背如階梯……

玻璃窗上指紋痕跡錯亂蒙昧，

一隻蚊蟲撞著列車外流逝的燈火。

是誰拉下百葉扉切割臉孔映影晦黃？

有人驚醒時踢響瓶罐空寂嘹亮，

他聯想——車廂是顛簸的牢獄飛馳著，

被判以昏睡中偷竊城市的罪名。

　　這是多麼寫實的屬於黃里的東部人生寫照，《芯志列車》的現實，你我都看到了黃里的顛簸。

六、《紅玫瑰與環頸雉》環視下的黃里

　　告別了那朵白色的微笑後的兩年，1985-1986、1986-1987，黃里又印行了另一冊詩集《紅玫瑰與環頸雉》，除了黃里，餘無註記。所幸，《芯志列車》輯一〔一張／往事〕裡，黃里在29首中留下了7首。

　　這時，黃里正在苦思他的碩論〈溫度對埃及斑蚊與白線斑蚊

幼蟲發育之影響及其成蟲族群介量與產卵行為之觀察〉，因此有了一首「果蠅遷移力與趨光性實驗」副產品式的詩〈新生地〉。在這首詩中，一開始，黃里就忍不住發問了：「迫於遷移的族群會喜愛何種色彩？／紅色？黃色？／或　藍色？」直到詩末，黃里的觀察只告訴我們「──必在三原色的新生地裡／　大量編織我們的夢境……」，甚至於也不告訴我們「迫於漂徙的部落將投訴於何種情緒？／激怒？隨和？／或　憂鬱？」

　　黃里在觀察微小的生物：埃及斑蚊、白線斑蚊、果蠅……等等，而我們在觀察黃里。我們一樣發現好多好多顏色出現在他的詩中，紅色、黃色、藍色，會是他生命中的三原色嗎？激怒、隨和、憂鬱，會是他生命中最基本的情緒嗎？或者他會從他的實驗室中走出來，如〈酪蛋白──生化實驗步驟〉中所敘說的：

　　　然後，讓我安靜地陷落，

　　　讓生命的回顧從狹窄的瓶頸濾過。

　　　澄清、錯誤的，美麗、或混濁，

　　　我定量的年少啊，已然如此輕輕地滴落。

　　　然後沉澱。凝聚成形。成我最初的原始。

　　　是嬰兒溢滿的柔臀我細細地撫觸；

　　　是歲月的酸味也難以消受的。然後，

　　　我忘卻了哀愁著什麼與乎什麼是哀愁。

然後，輕輕地滴落……。

　　那「滴落」的歷程，經過了沉澱、篩濾、昇華或淨化，他會有他的七彩吧！〈給一位藝術家的妻子〉中「從那層層黝黯如窗影的眼暈／幽靜的身姿緩緩地走出……」，出現了：蓊鬱如藻的髮幕，水衣蒼藍的波紋，優柔的白色花葵，嫣紅如貝的唇，一襲紫色的步徑上青綠的草衣，深藍色環繞的臂彎，深藍色軀體微微佝僂的倦意，如花的白色指瓣，溫室之外陽光燦爛的藍天，叢叢放射著橙紅色脈絡的孤挺花。不再只是「激怒、隨和、憂鬱」的三原色，所以可以很欣慰地跟孩子說「你來自愛」。

七、列車上的黃里

　　2014年12月黃里推出他正式出版的第一本詩集《忐忑列車》，幽默分輯，依自己清晨上班前在火車站自動販票機上所按的鍵：〔一張〕、〔普快〕、〔成人去回〕、〔海端〕，分為四輯，再加上圖文小詩〔普快上的五四運動〕的附錄，令人莞爾，有著袪除讀者心中不安的寧神作用。

　　如果依據黃里〈後記〉、〈自序〉與〈放逐與重生〉所言，〔一張／往事〕輯入大學、研究生時代作品，亦即前述二冊詩集《白色的微笑》、《紅玫瑰與環頸雉》之選集，應該屬於放逐時代的作品，其他各輯才是重生後的作品。重生後的作品是回歸到

現實生活的實錄，〔普快／日子〕是瑣碎日常生活的點滴感觸，〔成人去回〕是「成人世界的苦惱，凝重到飄忽不定的、失控的憂鬱愁煩，以及難以喘息的思親」，〔海端／界外〕雖說是界外，卻是關懷現實世界重大議題的詩作。〔普快上的五四運動〕是攝影與小詩的結合，當然是有所見之後的有所思，實之後的虛。可以說，《忐忑列車》是現實裡的列車，個人的新聞觀感，或可呼應蘇紹連、王羅蜜多的新聞詩寫作。

〔一張／往事〕是黃里（正確的說法是黃正中）大學、研究生時代作品，剛剛接觸現代詩時的創作，那時也正是陳克華（1961-）等人以現代主義的新姿衝刺詩壇的時代，現代主義內化的焦灼與黃里心中潛藏的不安，是否因為頻率相近，渦漩擴大，讓黃里選擇了「放逐」，已經無從釐清。2010年十月的一個傍晚列車上，黃里讀到周夢蝶先生（1921-2014）的〈風──野塘事件〉，使他重拾詩筆（見黃里部落格〔放逐與重生〕http://blog.udn.com/rainorhwang/8565028　置頂之作〈重生〉）。重讀〈風──野塘事件〉或許可以稍稍體會黃里當時心中的震顫：

〈風──野塘事件〉　周夢蝶
難以置信的意外
據說：你是用你的魚尾紋
自縊而死的

乍明乍滅還出
一波一波又一波
綺縠似的，
啊！那環結

多少憂思怨亂所鑄成
自乍起
而不能自己的風中
只一足之失
已此水非彼水了
依舊春草
依舊燕子、紅蜻蜓
雲影與天光──
你，昨日的少年
昨日的
翩翩，臨流照影的野塘

無邊的夜連著無邊的
比夜更夜的非夜
坐我的坐行我的行立我的立乃至
夢寐我的夢寐──

門，關了等於沒關

應念而至：

燭影下，相對儼然

儼然！芥川龍之介的舊識

魚尾紋何罪？野塘何罪？這疑案

究竟該如何去了結？紅蜻蜓想。

至於那風，燕子和春草都可以作證：

「他，只不過偶爾打這兒路過而已！」

〈風——野塘事件〉選入向明（董平，1928-）主編《七十九年詩選》（爾雅版），黃里坦承自己就在1990年這一年停筆，因而感觸更大，尤其是「多少憂思怨亂所鑄成／自乍起／而不能自己的風中／只一足之失／已此水非彼水了」，心中積壓已久的慌亂、惶惑的不安情緒，竟在剎那間卸除，頗有死過一回而頓悟前非的感覺，他寫下〈重生〉紀念自己的覺醒，也紀念這段因緣。不過，正如周夢蝶此詩最後兩句：那風，「只不過偶爾打這兒路過而已！」但，這段夢蝶因緣卻是無意促成有緣，也是詩壇佳話。

　　從此以後，黃里對於詩有些瞭然於心：「終於感到不必著急／我在這樣的午后等著一首詩／孩子們在擦窗／至少這一刻／鳥

兒也感到不必急於衝撞／孩子們的喧嘩聲／也與樹上的紅嘴黑鵯
在較量／他們做事很不專心／頻頻偷看運動場上有人在操兵／教
練的吆喝聲好像敵人來了／我卻感到心中無比的沉靜／在這樣的
午后等著一首詩」（〈我在這樣的午后等著一首詩〉），從此，
他可以用無比沉靜的心，等待一首詩。甚至於將自己譬喻為一株
〈浮水蓮〉：

　　　　——我從未忘記你
　　　　　　初次注視我時發出的感嘆句
　　　　　　我彷彿仍聽見綠藻也為你唱和
　　　　　　是他們指導孔雀魚如何歌詠
　　　　　　如何游出我暗示的韻腳
　　　　　　是他們日夜將我抬升
　　　　　　讓我構思未定的芭莖漸長
　　　　　　意象鋪陳的芬芳也開始醞釀

　　　　　　我從未忘記你
　　　　　　初次注視我時臉上的微笑
　　　　　　我是一朵
　　　　　　剛浮出水面的睡蓮
　　　　（〈浮水蓮〉末二段）

或者，十分正確的從〈水族之眼〉去看世界：「你確實注視著我／但你沒有看到飛鳥的凌空／獸的信步跚躅／未曾嗅過退藏入岩洞的／懇求」，詩中的「你」是外在的是界，「我」是水族之眼，外在的世界仍然不了解我，我卻沒有不被了解的焦急。

　　這些〔普快／日子〕的詩，可以作為黃里的詩觀看待，舒緩的生活腳步，舒緩的讓詩自我形成的〔普快／日子〕。

　　甚至於到了〔成人去回〕，將夫妻情意寫進詩中，也將自己與文字的不解之緣糅入詩中。從〈雙人半日遊〉中，我們看到的是夫妻情愛與尊重，文字琢磨與尊重，萬物並行與尊重：

　　我問你需不需要水。已先飲盡列車離站後的蕭索。你提著懷舊月台便當轉身。我在車外。你在車內。我們終究要像軌道繼續走下去。文字橫陳在我們之間。

　　我將自己囚於文字的牢籠。你不能明白為何辛苦琢磨。一塊磚將自己送入窯裡。我央求一生一世中的一個夜晚。讓我看見燒出自己的黑煙有多黑。這些以後也註定要傾頹的文字。荒草漫淹並且固黏著一層焦灰的硬物。你抱怨每一塊磚的名字都叫「朦朧」。一條撐傘的影喚我出來。我嚐到渴望你來探監的相思。我在牢裡。你在牢外。我們終究要像牆壁繼續背對著背。文字龜裂在我們之間。

（〈雙人半日遊〉首二段）

　　我更喜歡〈一粒小石頭〉對詩的體會，那是將憂愁這粒小石頭拿出來摩挲摩挲，也給萬千世界見識見識，最後像保存一塊寶石一樣又放回她該在的位置，憐惜地拍了幾下：

　　我將憂愁這一粒小石頭
　　從上衣左邊口袋
　　慢慢地　拿出來

　　給九重葛看一看
　　　九重葛將僅剩的綠葉
　　開滿了壓垮圍牆的紅花

　　給芒果樹舔一舔
　　　芒果樹滴落濕黏的蜜汁
　　燕子在濃蔭裡穿梭

　　給火車聽一聽
　　　火車吼了兩聲：嗚…！嗚…！
　　警告我請勿闖越平交道

我將憂愁這一粒小石頭

放回上衣左邊口袋

再輕輕地　拍了幾下

　　憑著這樣的詩作、這樣的認知，黃里可以勇健地在列車上直馳。當然，偶爾寫一些實驗性的圖像詩，偶爾進入社會事件的現場吶喊，偶爾聽一聽老鑼（Robert Zollitsch）作曲、龔琳娜演唱的〈忐忑〉歌曲，在笙、笛、提琴、揚琴等樂器伴奏下，運用戲曲鑼鼓經的快速節奏，誇張、變形，再加上不一定具有意義的神秘歌詞，終而被稱為「神曲」，這樣的〈忐忑〉歌曲或許對同在「忐忑列車」上的黃里，會有另一種啟發。

　　對於輯四〔海端／界外〕的寫作，比較出乎我的意料之外，我疑惑的是：為什麼不將「海端」放在集內加以審視？「海端」，地名，是布農族語「Haitutuan」的截短譯語，原意是「三面被山圍繞、一面對外敞開」的虎口地形，這樣的地形、這樣的人群，有著太多可以書寫的內涵，有著其他詩人所不能及的特殊性，輯名既然是〔海端〕，就好端端寫「海端」（漢字的字面意義：海的端涯、海的另一端），其實也有「去熟悉化」（defamiliarization）的豐富寫作資源，如今卻以海端為此端去寫界外，東部的列車跨界到西部去了，雖然有著放大視野的意義，但也失去聚焦列車車程的書名、輯名設計。

至於，「忐忐忑忑」（ㄊㄢˇ ㄊㄢˇ ㄊㄜˋ ㄊㄜˋ）與「忑忑忐忐」（tè tè tǎn tǎn），誰比較不安，作為詩人的黃里早該在下船、再上車的時候就拋除了吧！

2014年立冬　寫於明道大學開悟432室

【自序】

　　我是什麼時候下車的？那時原本該去哪裡？我現在人在哪裡？

　　林燿德《一九四九以後》中引用白靈「柯順隆專輯小評」：「而最年輕的一代就這樣來了，他們包括了陳克華、王浩威、王耀煌、林燿德、許常德、陳斐雯、宋建德、林宏田、萬胥亭、黃正中、陳朝松、許悔之、羅任玲、柯順隆……。」（《四度空間詩刊》第二期，一九八五，八月）

　　「黃正中」？會是我嗎？不知道。可能是我？希望是。

　　這就是我那時下車的車站嗎？那個月台叫「變化的一代」。（楊宗翰，台灣現代詩史：批判的閱讀，二〇〇二）

　　該變化的時候，卻停滯了。一疏懶就是二十三年。二十三年很長嗎？

　　紀弦先生百歲辭世後次月，我在學校圖書室挖寶到一本洪範版《方思詩集》（一九八三）。一百年夠長了吧，多少人有此能耐終其一生堅持一種精神近百來年？而方思自一九五八年時歲三十三寫完《豎琴與長笛》至今，幾已停筆半個世紀。

　　「時間」對詩人有其真切的意義嗎？方思的寂寞及灑脫，在年輕時就以詩想成熟的、充滿主知智慧的神秘文字，完成首部詩

集《時間》。他在自序結尾處說：「我自己呢，僅是長流之一沫，長變之一點而已。」

「時間」對詩人而言，好似就這樣失去了意義，或等義於永恆？

2013/12

【目次】

輯三　成人去回

輯四　海端／界外

附錄　普快上的五四運動

輯
一

一張／往事

春雷初響

但是——真的從此逃逸？
我夢魘中的黑色貴族
何必遮掩你畏於逼視天使的灰眸子
當二月最末的銀駒正溶解時
你——也會隨著消跡？

也會隨著躲藏？
在三月，蟄雷初響的季節
你豢養的女奴原不善於冬眠
那有著深深水眸子的
晨霧一樣的深
是我想優游於其中的，則兩岸
春席的擺設是太匆忙了
將和風風髮一如風信子的醉意
傾進你軟軟無饜的腹
當春雷乍響在三月
彤雲中有閃電一如灌木林爭萌的杜鵑
那女奴，被幽禁於高閣的

那女奴，遂祇得舞蹈於城堞之上
追一長鞭扭曲的杜鵑
且瞬逝如以倉促的生命為賭注
在三月，春雷初響的季節

但是你──真的從此消失？
我沒落的黑色貴族
城垣因你寵愛的女奴的奔跑
而覆倒，而這一切祇是夢魘
當我驚醒在三月螯雷初響的季節
你──也會隨著躲藏。

1982

夜班車

狹長走道上幾隻搖擺的手鬆垂，
錯置的鞋履是癱瘓睏睡的姿態滑落，
他平視隱沒雙肩的椅背如階梯……

玻璃窗上指紋痕跡錯亂蒙昧，
一隻蚊莽撞著列車外流逝的燈火。
是誰拉下百葉扉切割臉孔映影晦黃？

有人驚醒時踢響瓶罐空寂嘹亮，
他聯想──車廂是顛簸的牢獄飛馳著，
被判以昏睡中偷竊城市的罪名。

1982/04

酪蛋白

／生化實驗步驟

然後，讓我安靜地陷落，

讓生命的回顧從狹窄的瓶頸濾過。

澄清、錯誤的，美麗、或混濁，

我定量的年少啊，已然如此輕輕地滴落。

然後沉澱。凝聚成形。成我最初的原始。

是嬰兒溢滿的柔臂我細細地撫觸；

是歲月的酸味也難以消受的。然後，

我忘卻了哀愁著什麼與乎什麼是哀愁。

然後，輕輕地滴落……。

1983/10

寂寞的邊緣

暗室中有一隻鼠
——那種待宰之姿是不忍卒睹的。在暗室中
設防著，灼亮的窗櫺上有一隻蜷睡的貓。

那貓兒優柔的尾溜煽情般挽留著秋，
而秋已夠深了。遠空有輕雷，
打起那貓兒惺忪的囈語裡髣髴還嘮叨著：
那鼠兒的屠態甚是不雅。

1984/01

夢幻情人

天神將妳是魔鬼的禮物賜與了我，
我是普洛米修斯的兄弟，
多麼想望在妳吉普賽的影子裡粉碎自己啊！

吉普賽影子，終日我尾隨著妳，
妳有妖嬈的美麗依著深邃的智慧，
終日我謙卑地膜拜著妳……。
當天神的使者也將魔鬼的原始賜與了妳時；
是妳，思維的女神啊！
從潘朵拉的寶盒脫逃了，
便猶如那異端，
暴動在我清靜的宗教中。

1984/03

年少的序數
／試驗設計學外一章

在這唯一取樣的生活裡，
我們多麼容易動情於高逢機的相遇啊。

四季。四季祇是心境，祇是年少的序數。
我們的最初，乃舞在百花嬌媚的春裡
尋覓。逢遇。一如輪盤賭法般宿命。

尚且擁抱熱吻吧，你猶豫著什麼？
颯颯蕭瑟的秋風還遠。
然而五月，五月有豔陽高懸於常態的孤立峰。
我們是變異的兩端；
是冬河平行的兩岸，
彼此悄然將沉船的波痕冰封了……。

但是明年春天──
倘若我不以錯誤嘗試的記憶維生，
明春我會否再決堤氾濫？

1985/05

綠色小精靈

清晨我因輕眠的驚醒，
伴守著閣樓上我孤寂的小花園啊，
孤寂猶如我此刻沮喪的心……

難道不是你嗎？
綠色的小精靈，
不是你銜來第一線曙光？
從陰霾橫陳的東方，
紅光逸射的間隙中，
不是你輕駕流疏的卷雲而來？

黎明的茉莉安詳，
飄搖的小葉是你輕盈的翅膀。
小精靈，
你也呼吸著她清新的芳香？

1984/07

哲學定義

荒蕪了
我閣樓上孤寂的小花園
那高處果然更親近純粹的季節？
縱使在九月——
九月概念的驕陽還固執地質問著：
（你瞧，多麼蘇格拉底式的呢）

定義的定義是什麼？

然而愛戀流浪的人是無從回答的
因為昨日的鄉愁已化作明日的夢魘
夢見關於慾望的中庸主義
（亞里斯多德萬歲！）
或是驟雨滂沱之後的小花園

有鴨跖草花粉紅的綻放
彷彿伊人待吻的雙唇索求
復又繾綣在……是的

繾綣在席夢思上軟軟的真實裡……

（你瞧，植物才是我的哲學）

1984/08

果蠅之死

光線。玻璃靜物。
澄澈晶瑩。
溫柔是待傾的透明。
溢滿在無數暗澹的眼神中。
默然對望。黑色絨毯起伏。
波動。如此晃漾不安。
微醉了。沉湎思索的果蠅。
喜悅是透明的溫柔。
輕輕墜落於存在的孤獨。與愛。
靜默。與死亡。

1984/10

水族傳說

悄悄離去了
微笑還是來臨時沉默的微笑
還是水族靜謐的交談
泡沫一樣的秘密
曾經緩緩上升……

於是小魚們開始敘述
——以有關傳說的圖案與裝飾
開始敘述：
那人到達時已日落了
那人曾經以金球
泡沫一樣的無數的金球
吸引水族姑娘稀奇的水眸

悄悄離去時
祇有流泉呼喚岩石的背影
走遠　走遠。

1984/10

最初的杜鵑

淡忘了
被凍傷的記憶
被寒冷困惱的思緒
飄浮在冬陽乍現的溫暖裡

（然而是誰？
是誰在季節更迭的隙縫裡
喟嘆……？）

抑或是細聲的羞笑？
在木麻黃迷濛的憂鬱深處
竟然有妳端坐著粉粧容顏

竟然熟悉地喚出妳的名
妳的名乃停駐在我踟躕的腳步
在我濡滯的眼神

當冬陽再翳入沉重的雲層
那隱隱的痛楚恐怕永難痊癒
恐怕又將許妳祇是美麗的
純粹的誤解。

1985/01

城市冥想

知識可曾像蜂擁入這疾駛的金屬盒般
須先購票再允許被接受？
繁雜的思緒可曾尋覓藉以落實的
軀殼？譬如在這金屬盒內
冬夜搓磨的體熱隱隱蒸發……
從眾多思慮的頭顱頂部
蒸發……，冷凝成玻璃窗上朦朧的概念

（窗外有更多金屬盒
流竄在豪雨中探照去路……）

當一個天真無邪的小孩
塗鴉般拭明模糊的爭論之後
濕潤的城市乃在黑暗中浮現
五彩奪目的　燦爛。

1985/03

急診處夜半

黑夜裡，零雨紛飛
壯碩欲傾欲覆的建築底部
晦亮著血色字樣
把守生命將明將滅的希望
把守時間時起時落的
還有兩扇電門時而開啟
時而電門關閉

霪雨紛飛，在黝暗的夜半
城市沉睡已似半死亡狀態
多少遊靈，還有多少辛勤的人民
在黑夜裡流傳訊息

電門時而開啟
一位老婆婆摟著棉被。在門外
迴身尋望。時而電門關閉
門內幾個懼寒的背影圍攏著
交談著。血色字樣把守著

時而電門開啟。一個少女低首撐傘走出夜裡

夜裡微雨紛飛

電門時而

關閉

一日就如此始於酣眠的夜半

始於巨大的生命之獸的

吞吐之間，那有著血色齒牙

欲傾欲覆的建築。

1985/03

十四舍窗前的羊蹄甲

鳳凰木聳立在宿舍旁
如斯安閒地撫摩著屋簷
在窗前，一樹如貝類開頁的羊蹄甲
守衛著我逃亡的眼神

陽光是溫存的記憶照耀著
草坪上的水露是一地散落的珍珠
從這裡，我的眼神奔逃如羊蹄的跳躍
張望著朋友們張望著的雲霞
我的眼神俯首嚼食著朋友們
微笑的光澤

但這裡仍是我無欄的牢獄
我將澆養更多嗜光的盆栽
在斑駁的窗檻上

1985/09

新生地
／果蠅遷移力與趨光性實驗

迫於遷移的族群會喜愛何種色彩？
紅色？黃色？
或　藍色？

肇端始於一百個體五十對偶的爭執
在天方分割三向的玻璃瓶內
（這宇宙果真是這般誕生？）
有些家族迷信玉米的美味
有些家族卻排斥酵母的感化
於是子代們由未來回返給予啟示：

——必在適意的聖地上
　　大量繁殖我們……

於是大規模的遷徙行動展開了
（還有少數機會主義的斥侯
但部落會議拒絕表決他們的消息）

在暗室裡，天向分割三方的圓柱體中
三座洞橋是三百六十次摸索後的抉擇：

——必在廣闊的空間裡
　　大量複製我們……

子代們由未來回返給予三原色的靈召
當天幕乍然開啟持續近一刻日的光明
家族們再次振翼、旋舞、道別：

——必在三原色的新生地裡
　　大量編織我們的夢境……

但是
迫於漂徙的部落將投訴於何種情緒？
激怒？隨和？或　憂鬱？

1985/11

給一位藝術家的妻子

（一）

悄悄地進來了
在陽光輕逸入窄門的角落裡
閃爍的眼眸凝視著
從那層層黝黯如窗影的眼暈
幽靜的身姿緩緩地走出……

（二）

俯首的閱讀
從那蓊鬱如藻的髮幕
遮蔽的眼神流瀉著水衣蒼藍的波紋
素手是優柔的白色花葵
輕輕抒寫著嫣紅如貝的唇
沉默無語的吐露

（三）

美麗的憧憬
在透明的溫室中朦朧了
無數昆蟲留戀的複眼
——片段採集的影像
跌撞在透明的薄薄的阻隔之外
那一襲紫色的步徑上青綠的草衣

（四）

深藍色環繞的臂彎
那延展自深藍色軀體微微佝僂的倦意
將雙手如花的白色指瓣摩揉地隱沒了
在散髮凝定的歇息中逐漸呈現的夢境……
有微弱的腳步聲傳自石砌的階道
那是在溫室之外陽光燦爛的藍天之下
所有完全開啟和仍在蘊蓄的

忽然迎面向你　叢叢放射著橙紅色脈絡的

孤挺花……

（五）給孩子

你來自光線、色彩，和形狀

　　來自眼眸犀利的觀察

從我的我裡走出

你來自線條、聲音，和水分

　　來自心靈敏銳的感覺

從我的他裡走出

　　來自眾多期待的可能

你來自愛

1986/05

站立的姿態

我想那是適合畫一張素描的，
或是一幅油畫；
（我得試著去揣摩，
就是高更閃耀及意義深遠的藍色。）
或是一張攝影，
請你教導我關於反差與顆粒粗細的訣門；
或是一種站立的姿態，
就是羅丹的被征服者，
「他手裡拿的拐杖——
它是多餘的。」

我是在凝想著衣架上幾條垂垮的長褲呀。

1986/12

克勞岱・西蒙遇見

現在怎麼樣了？
記憶怎麼樣了？
視覺，或曾經的暫留
一幅幅錯亂的自語

純粹的敘述
純粹，無限寬廣的隱藏
（蔚藍的天空，連綿的山脈
陽光曖昧的反差中一樹枯枝殘幹下
一間窗扉被挖空了眼珠的屋舍）

在記憶片斷湧現的狂亂之後

1986/10

＊克勞岱・西蒙（Claude Simon，一九一三~二〇〇五），法國作家，一九八五
　年諾貝爾文學獎得主。

母親

母親啊，為什麼愛我？

脆弱的記憶
我無法回想妳年輕的語音
但有些是妳不懂得如何說出的
有些是更持續遠比心跳節律的
那時我為妳撐著傘，記得嗎？
母親，那時小雨滴答地從老榕樹上滾落
妳在深井旁搓洗著衣物
而我淺淺的耳殼緊貼著妳柔滑的背彎
妳告訴我什麼呢？母親
模糊的記憶從清冷的深井底部發聲了
是海底深處火山爆裂的震響嗎？
母親，是鯨回應的尖音嗎？
母親，為什麼愛我？

最初是妳以溫柔的眼神問候我的
我相信啊，我一定相信的啊

最初我的瞳孔滿溢著妳親切的問候

脆弱的記憶，我更不甘心了

母親，妳好美

有些是從未改變的

有些是改變了但仍是從未改變的

那吃掉記憶的魚兒又要游近妳的眼睛了

母親，它吃下了又吐出來，那些是什麼呢？

它不動了又活過來，到底是什麼呀？

母親，為什麼愛我？

我看著它不動了，一直往下沉

其實海草是會游泳的

她們總是好心地懷抱著魚兒

那些海草是黑色的，最初都是黑色的

像你的溫柔充滿我的瞳孔那般黑

像照不到陽光的海底那樣黑

母親，又像海草照不到陽光那樣的黑
最初都是黑色的
我看著它不動了，一直往下沉
然後好心的海草都變成白的了
母親，為什麼會變成白的呢？
為什麼愛我？

——我又夢見妳了
　　粉紅色的，充滿著水
　　妳閉著眼，一個嬰兒睡著了，而且腫脹
　　一同漂浮在粉紅色的水面上
　　但都在微笑。

                                    1987

金絲雀

金絲雀喲，微笑片段的切割，
我的眼神逃逸入你輕盈的跳躍，
你能給我侷促的記憶嗎？
——像絲籠一般的編織；
你能看見忘記與想起之間的縫隙嗎？
那是怎樣的形質？從你的瞳仁逃出，
逃出向　在縫隙內撞擊的凝望。

當你粉紅的蠟喙閉合時說了什麼？
一樣的色澤卻不一樣的堅強。
我柔軟而善流的記憶呀，
當你鳴唱時就沉默了；
當你鳴唱時，如剪的思索就張開了，
就讓不再探詢的舌淺嚐著虛幻，
喔，我震顫不安的遺忘。

金絲雀喲，凝望切割的片斷，
使我再想起飛掠過的光芒，

是你清新又抒情的黃色衣裳。
單純的摺疊，摺疊在另一摺疊上，
然而真是單純的嗎？將我的想起
緊密地排列在你細緻的翅脈中，
禁錮，當飛展在明亮的氣息裡；
當收束在順滑的雙肩上時，
又解放……。

金絲雀喲，在我腦際優美的佇立，
彷彿是一彎彩虹的弧線，
從跗蹠處往上勾勒；
再從額頂向下滑落。
你來輕啄我問候的手勢嗎？
伸入你陌生的空間，
再縮回我熟悉的縫隙。

1987

輯
二

普快／日子

浮水蓮

我昔日的愛呀！
沉溺在水中太久了
忘記了陽光的原色
忘記了空氣的透澈
而養分呢？
養分尚不夠餵飽苟且偷生的孔雀魚
在水中卻饑渴如沙漠甲蟲
每日我僅以自憐的眼神飼養
以輕佻的語氣逗弄

──水底時有顫動
　　時有喃喃的魚語化成氣泡
　　水荇已排列好完美的格式

孔雀魚假裝貪玩
其實正秘密地保護著一個秘密
我昔日的愛呀！
再次現蹤

——我從未忘記你
　　初次注視我時發出的感嘆句
　　我彷彿仍聽見綠藻也為你唱和
　　是他們指導孔雀魚如何歌詠
　　如何游出我暗示的韻腳
　　是他們日夜將我抬升
　　讓我構思未定的苞莖漸長
　　意象鋪陳的芬芳也開始醞釀

　　我從未忘記你
　　初次注視我時臉上的微笑
　　我是一朵
　　剛浮出水面的睡蓮

2011/11

在這樣的午后等著一首詩

終於感到不必著急

我在這樣的午后等著一首詩

孩子們在擦窗

至少這一刻

鳥兒也感到不必急於衝撞

孩子們的喧嘩聲

也與樹上的紅嘴黑鵯在較量

他們做事很不專心

頻頻偷看運動場上有人在操兵

教練的吆喝聲好像敵人來了

我卻感到心中無比的沉靜

在這樣的午后等著一首詩

我好喜歡

在這樣的午后等著一首詩

近旁的小站此刻無恙

遊人不解何來一處陌生的部落

火車駛過帶著縱谷的迴響

悠悠地拖曳一直到遠方

我閉目冥想

列車將在輕如薄紗的光影中

在王爺葵蔓生的金黃色髮稍

轉彎

如魚族優雅地游過寬廣的溪床

那一處是孩子們的家

他們正在我身旁擦窗

我感到心中無比的滿足

能在這樣的午后

寫著一首詩

2010/11

魚頭

生與死
多大差別
乾淨的海洋　或
臭水溝

圓口微張
鰓弧仍紅
利刃在側
過度驚嚇的眼
來不及搔首弄姿
斜切四痕

溫度已高
油脂如水
向晶亮的淺灘　游下去
焦黃的鰭舉起
再見另一面
確定很熟

認得是魚
忘了美麗
白肉鮮甜
舉箸輕盈
赤裸的骨架排列出
最後遺言　卻
通通被倒入
臭水溝

「再見了，
乾淨的海洋，早知
真不值得。」

2011/01

南安

／瀑布

（一）

遠遠望見你

被碧綠的群樹擁抱

在藍天的畫布裡

以黃鶺鴒波浪的飛姿為筆觸

背後陽光緩慢地擠出山稜線

熱心的姑婆芋已備好調色盤

這清晨漸次的色澤是不虞匱乏的

空氣的沁香也被蘸入筆尖

每深呼吸一次

肺部裡所有的紅血球

就大聲地歡呼一次

每大幅向前一步

腦袋重量就減輕一半

這些　剛衝出新枝的刺楤

如何畫得出？

該敬畏的不只是畫家

還有巧思的工匠

他也是位善於取景的攝影師

在這如自家陽台的木階前

拉庫拉庫溪拉出了一條

弧度婉約的曬衣線

都曬些過度曝光的粼粼水波

和頑童亂丟的大石頭

院子裡那巒峰

如一頂禪定的僧帽

來此下榻就不走了

你若在此小立

也會如那僧

不走了

（二）

他的手似影子

輕輕拂過木柵上的椿象

穿越過故做鎮定的豆娘

鉛色水鶇早發出警訊

山黃麻如羅漢的軀幹

也擺好了阻擋的架式

這是我們的地盤

不易被化度

舉溪石上漫不經心的紅葉為例

看似落定了

卻依舊在晨曦中恍恍惚惚

無法洗盡叨絮的凡塵

那僧就假裝不看他們

不聽他們

但耳膜忽之回神鼓張
眾天響起澎湃磅礡的樂音
水霧輕駕著山風渺渺茫茫
抬頭一看
樹傘外一尊肌理流利的玉柱
那僧就伏倒
以為盼見了
如來

2011/05

蚊吻

閉眼躺著

尚未全死

謝謝你

終於來了

忽遠忽近

似上又下

終於

聞見你來了

踩著紊亂舞步

帶來一針見血的風格

企圖在我

腸思枯竭的詩腸上

刻鏤花紋

意謀於我

殫精竭慮的腦膜上

弄詩為文

從未如此心甘情願

讓你穩當地

吻一下

2011/07

下一位

……「下一位。」

我收拾好一天的疾病

準備就寢　他未掛號

闖入我福馬林的夢境

我打開他的胸膛　頭殼

檢查呼吸心跳　和思想

隔日　我穿上畫滿他塗鴉的

白色外袍

我並非故意

無嗑藥酗酒　有駕照

全部車燈都亮著　也未與人結仇

我甚至哼著歌　手指在方向盤上

輕鬆地敲打著節拍　……「下一位。」

他突然從街角竄出

我知道已撞到了什麼

夕陽染紅海面時

我們又救起了一位失足的少女

她早已不省人事　雖然盡力搶救

我們正圍捕著一隻海怪

它蠱惑少女們走到海岬上

輕閉雙眼　面帶微笑

⋯⋯「下一位。」

往前傾倒

──神啊！請原諒我

　　多人因我而亡

　　電流將通過書寫的指尖

　　毒藥早已滲入吟誦的心臟

　　我是樂意為他們處決的

　　因死而誕生

　　我就是

2011/09

夜半琴聲

夜半幽微的鋼琴聲

撩破我薄弱的夢

那甫凝結即瞬間

液化的眠想　　跟隨輕邈的音律

游梭在晦暗的　　氣息沉積的

暗室裡　　似有若無

是遠又近

夜半為魑魅引路的鋼琴聲

穿透過石壁　　沁滲入帳褥

企圖驚擾我早已撤守的清夢

易駭的耳膜失去了冷靜

頻頻戰慄出顫抖的踢踢

幽魂的兩腳遂幻化成時分針

整夜在我床前　　徘徊……

2011/12

悼蟲二帖

鳳蝶

你應該也不想如此
收攏蟻群為你的子民
雖然黑是君王
這般擁護的代價
實在慘痛

這裡也不該是你的領空
水溝中　翅腹已然翻上
那原本應鑲入白雲的紋
如今只足以讓人識別
一隻羽翼殘破的
鳳蝶

馬陸

千足為何停擺
千頭萬緒如何放下
體色依舊
只是頭尾難分了
只是輕重緩急
不再重要了

多盼望能再次感動
在這乾涸的水溝中
再次試探懂不懂
即使只是千篇一律中的
又一次

2011/12

近藍

列車輾碾著夜色

書頁與紅雲之間

筆是來不及飛奔的

懸浮　我帶回一整個背包的

空蕩　如尋常癱軟的山影

隔著風獵的震動　你說

以喃喃的節奏不斷疾馳

突圍的　或被撞毀的

你總想在夜真正死亡前

接續近藍的黝暗

在夜再次死亡前

闃靜的夢是一張白紙

那未曾塗改的表情

你歸咎於太快的輪轉

若能移植蛛網　讓晨風

吹拂出些微錯亂的語詞

那時你默誦著漸亮的露珠

在旭光臣服於白晝的解讀前
你拿出那隻緊依書背的筆
寫下夜難以烘乾的思緒

2012/03

歌聲

我必須落下　讓自己腐朽

回想你來時　多麼不捨的滿溢

滲泌　猶記得溼漉漉的吟唱

你並未帶來死亡　或永生的果

如我所希求　但我必須將

沾染花粉的依戀　落下

讓秋色預先鋪滿　在你暫時遠行後

安靜地做一片地表空洞的枯寂

等你返回時

（啊！　多麼叛亂的想念）

我才能再一次

成為你滴流的歌聲

2012/03

詠景天二種

石蓮

向眾生伸下觸鬚
是什麼味道將我裂斷
絕處生出新芽
不需菩薩打我
忘記爸爸媽媽

洋吊鐘

回首看
多少隻手急於挽留
逸出天空之外的樂音
這無耳的世界
虹彩獨缺一種水色

2012/03

憂鬱者的歷史事件

在烈日下發抖
無雲晴空出現皺紋
心房與心室內冰塊
沒有融化的可能

地上的報紙就讓它死得透徹吧
對摺的死法　將頭埋入鞋裡
又有人墜樓了　那麼大字的傷悲
他為何不也嚐一嚐憂鬱的美味
以鍵盤敲打渾噩的腦袋
　游標遊走迷走神經
想著如何嘲諷一次歷史事件
　　該用什麼語態脫離綑綁

——濱田彌兵衛事件　我想問你
　　你開著御朱印船硬讓我擦上朱紅唇印
　　和那個叫努力容易茲事體大的紅毛番努易茲
　　為了爭奪我思路清明的生絲、文藻華麗的鹿皮

在我體內的門口、的客廳　打來罵去
我想問你們
你們可知道這是我體內的浴室、的臥房？

確定是睡過頭了　且不想清醒
他只是暫時逃家
有些懷念陰暗的中午與細雨
只是受不了心臟熱脹冷縮間的
重量變化

2012/04

吃冰淇淋的方法

　　　　　小小的汗粒　　孵出來了
掀　　將蓋底的蛋白質　　舔淨
　　　　　　　　　　　　觸發
那沾黏了整個非洲的　　厚厚皮囊
現在可以一層一層地　　開始蛻下

2012/07

我們猛瑪象的高大
／記台東史前博物館觀後

老婆婆
那些動物終於都走了
我們猛瑪象的高大　仍頂著屋頂
只走了一步　粗壯的時間
就踩死了死亡　這個房子的回音
像鮭魚被壓縮在壓克力裡
被凝固的還有光線　堅硬的味道
全部都被剪下來了　貼在玻璃櫃內
圍在那些動物升起的
冰涼的火燄中

高掛樓層參觀方向
　　　與緊急出口的箭頭
我們已經盯了好幾個世紀　老婆婆
走　那些動物終於都離開了
我們也該奔跑　也該吼叫
我們　出去……

2012/07

水族之眼

天又亮了　但不是陽光
不是淚一樣的鹹味
體溫也總是如常
一座座方正的海洋比鄰
只是消失了一些
誕生我的　遙遠的流動

我看見鰭翅躍飛的影
在氣泡聒噪逃逸的水面
它們化作廟宇上的神仙
在這充塞腐臭的小巷
我看見四足動物忠實的巡行
它們卻聞不到我的呼叫
唉！　多想做那垂喪的尾

而你來又有何用？
隔著冰冷的微笑觀賞
許願變成我的上帝

盼我能在其中永生
說著我不懂的讚嘆語

你確實注視著我
但你沒有看到飛鳥的凌空
獸的信步踟躕
未曾嗅過退藏入岩洞的
懇求

2012/07

考試

輕鬆的踱步　和
酸痛的屁股　將
一分一秒擠壓成一張一張薄薄的鳥鳴聲
利用什麼原理？
這一題也是_____。

2012/09

一時

妳以鱗光閃爍的黑髮
妳以迷亂繁複的眼眸
妳以跌跌撞撞的身姿
　　　踩著急切踉蹌的步伐
妳以夜鶯淒楚的啼鳴
　　以嫣紅修長的細指
掌心打開成一片冰天雪地
告訴我　大鳳蝶死了

我心　折斷的觸角
我心　蝕空的肚腹
我心　萎靡的臂膀
一時遂被你
千刀萬剮

2012/09

桐花之罪

蠱惑的春雨輕輕落下後不久
昏迷不醒的山巒就發霉了
白色的斑斑瘡瘡
這個季節不知罹患了什麼病？

採樣放在手掌心中仔細檢查
瞪大著雙眼難以置信
積雪的心房裡有人自戕！
從窗縫
從門隙
滲出血跡……

2012/09

十二月逼供

站在鐵窗內
火焰木為我探監
她帶來冬雨冷冽的消息
伸出同情的掌葉
不讓我看見　黃尾鴝
在樹枝上抖擻　捨不得飛離的身影
不讓我聽聞　呼朋引伴的白耳畫眉
在遠林裡嘹亮歌唱

火焰木拿碩大的紅花杯
斟滿了山頭流蘇的雲霧
利誘我　餵我喝下
黃椰子以細碎的雨聲　向我催眠
用長廊上空蕩的桌椅　對我刑求
怒放的九重葛　威脅我
吐露窗外的秘密吧　她一再勸服我
小葉皆已膽戰心驚地招供

為何還不誠實偷竊了一首
十二月的詩

2012/12

長尾水青蛾

楓香的香不在繭

錯綜複雜的依附

那紊亂的巢枝

歷盡天地衰頹的景象

殘留在新綠的葉下

有薰風來煽熟　有月光

黎明前暈染的青澀

輕吐其上　有蟻的觸角

指尖與指尖點燃訊號

是時候了　最後一滴露珠已乾

鬼臉從敗塚中浮升

晨暮被包捲成兩螺紡錘

收絪著破殼時的無窮

　　　蛻皮後的有限

當月終將輪廓遺留在

凝定的虛空時

水色盈滿

從放袖的尾末

緩緩舒展……

2012/12

大水蟻之戀

安裝定時開關
一年四季入夜後
將書桌上的檯燈點亮
久無人住的小屋仍怕竊盜
仍怕有人強行闖入　翻攪
寂寞芳心

在一次驚雷的呼喚後
（啊！老天爺也蠢蠢欲動了）
梅雨中　心如止水早已發霉
你終於棄暗投明　成群飛臨
那麼絕斷地卸下羽翼
赤裸孱弱地在磁磚上爬行

獨來獨往的我　開門
一不小心踩死了好幾隻
縱如宵小般的心虛
關門　褐色小翅如夢紛飛

徒留房內

屍橫遍野……

2012/12

校園秋景

／三則

熱陽

秋蟬　請你莫抗議
沉默不一定是金
——在蕭索的樹稍
　　階緣靜息褪色的蝶
不停的聒噪也能譜出
錯亂的筆記　反覆的翻頁
及　窗下映射著強光的
熱陽

馬拉巴栗花

尋找焦點
妳的體香拉成纖細的蕊絲
從背後的高山飄下
遭遇我渙散的眼神
剝開無聲之唇瓣的言說
我在白色森林中迷走

那模糊的粉粒正安靜地分裂

妳才喚我一聲　就掉落

我以食指沾舐甜味的淚

領悟著地表輕微震動的

暗示

窗外

羊蹄甲花在陽光中招搖

她的秘密深藏在濃厚的陰暗裡

我聽到自語　唱國歌時

竊笑的表情　三鞠躬時

腳蹄要在草地上漫步

指甲勾引著白雲

白雲翹起小小尖耳

等著你們也來咩咩叫

2012/12

氫

當　舔盡了遠樹與小山的

那一隻爬過耳垂與鼻尖

喊完「一、二、三，木頭人！」後

蜷縮成一粒石子　馬陸

畏手畏腳地將大腦裏纏於

「停⋯⋯。」

2013/02

林間三景

斷木

    指揮家下臺後
伸向永恒的樂章
  就剩幾段荒腔走板了

瀑布

  回到源頭
  你流下來 因為
希望 我爬上去
  找到自己
   的家

山藍

渾噩的鼻息
吞吐著整座溪谷
在瀑布綠蔭的幽鬱裡
埋伏

獅子大開口
　　　　嚥下

請給我藍色的肺葉
請給我巨石上的
消失

2013/02

＊山藍：一種藍染用的爵床科藥用植物，可清肺，又名長花九頭獅子草。

十一月

聽見了嗎？

火燄木花倒出了十一月

青草的濛沫冷凝著空氣

樹　層層包覆

被詛咒的站立

枯葉慶幸無人看見

挪移了天空

熟軟的種子

不斷央求著群鳥

穿越矮屋

從昨日之遠山折返的囈語

固結了灰暗

十一月的雨絲以單音

溶化成綿密的

旋律

2013/03

樹與石

樹　立於天空下
石　躺在跑道旁

你為何不走路？
你為何不飛翔？

樹用一輩子的影
　　推移　　石
以一輩子的堅硬
　　　搖頭
用一輩子的仰望
　　　舉高　　樹
以落葉　嘆息

你是一條河
你是一朵雲

2013/03

春花三式

（一）

欺騙你
找到一個適合的角度
一個讓苦楝樹落花堆積
看起來像是假假的
下雪的樣子
俯瞰的　或平視的構圖

我躡手躡腳的走在雪地上
你說紫色的晨光真好看

（二）

看到了嗎？
我把潰爛的雄蕊與雌蕊
並鬆弛的花萼和花瓣
摘除
用犀利的刮鬍刀片將子房
切開
其他的杜鵑花都高潮了
看到了嗎？
她們如溶化的蠟汁癱軟在桌上
形成一個春字

（三）

他們又來揶揄
月台旁那一棵夾竹桃
這一群小伙子
還沒流過離別的淚
未曾拉過火車
　像挽留季節

夾竹桃用驚叫的粉紅色
以開在淡淡遠山前
頗具毒辣的花語
教導他們　這一群小伙子
夾著足　逃了

2013/04

秧燈

入夜時
如鏡的水田邊路燈
急著將成串的瑪瑙
埋進土裡
好讓農夫插秧後
欣於用汗珠
再將他們種出來

2013/05

孿孿

替代你們

也在霧中睡眠

鯉的大嘴一張一合

吐出黃　吐出紅

小池有群樹與籬的保守

靜躺於石屋旁像不醒的夢

紅與黃　依然盈滿

我們就是當下

果的夢成形為種子時

花仍繽紛　也黯落

在俗塵的水漬裡

看見前世

與未來

2013/06

花海

撥開時聚時散的雲層
唯恐奶與蜜被截斷　被收回
複眼計算著太陽的角度
印象深烙在黑白之外的脈絡裡
逼視如聚焦特寫
或　光影漫流的圖案

於是瞭望停歇　像蜂的懸飛
那鳴聲畫出馴服的弧線
舌所能掠奪的密合角落
被雙影手牽手的擺蕩阻攔
──他們推擠著走走停停
蜂從未見過如此迷亂的指向

在瓣與瓣的裂隙間
將盛放的再重疊
每一小步加深一些模糊
焦點迫近微笑時鬆垂的觸角

像第一次親吻時的暈眩⋯⋯

終於　蕊的微粒點頭說

降落⋯⋯

那時地平線如一張柔毯

被輕輕地揚起　波動折轉

蜂又飛向高塔尋找失足的人

（失足的人溺陷在濃郁的暗潮裡）

當天色將最後一滴凝漿擠淨

蜂已滿載而歸

飛向雲層之外

2013/09

完美的下午

細胞分裂在什麼時候？六女二男有高有矮有胖有瘦歡呼尖叫地
在公園裡追跳。樹上蟬鳴與五色鳥敲木魚聲。電風扇吹著電腦
旁的購物清單吹著包著口香糖殘渣的衛生紙吹著一個癱躺的人
形。這個人因寫完一首甚感滿意的長詩後好似完成了一項什麼
艱鉅的指派任務般覺得可以暫時心安理得地什麼事都不想做地
就只想癱躺在那裡讀詩。其實也不怎麼想讀詩只是順著睡姿
隨手打開一本詩集。完了。就這樣殺死了他的這個完美的下
午。細胞分裂原本在那個時候。六女二男中之一女長髮烏亮披
著堅挺的背微凸的雙胸尚待圓滿的臀。她拿著相機在幫其他人
照像。在那個時候這個人相信。於蟬鳴與五色鳥敲木魚聲電風
扇嗡嗡作響地幫助著什麼隱形的流質正在流動正在公平地塗抹
著每一樣物品好讓它們看似一切擺設與平常無異其實正理由充
分地構成了某種足以讓一個癱躺的人感到有某種生物正在他的
腹內——踢動

2012/09

118
119

與鱷魚交換禮物

　　白色鱷魚攻擊大卡車，輕飄飄的鱷魚，啃斷柳樹的手臂，透明鱷魚，咬掉招牌的大腿，在冬天最亮的這一夜。黃昏蘆草遮住風的眼睛，縱谷蜿蜒的淺溪水面，映照著鉛色天空，平滑無紋。霧狀的鱷魚，悄悄地靠近長橋上高聳排開的橘光路燈。

　　潮濕的馬路上散落著黏稠的田土，我避開他們像閃躲食人魚。很快地，陰影已被嚼嚼殆盡。原本在田裡睡眠的花嘴鴨，我聽見他們飛離時振翅的細音。在冬天最亮的這一夜，我高舉超級大手電筒外出，頭戴一頂圓帽散步，披著一襲月銀色薄紗，突然佇立。

　　我看見鱷魚乳糜的肚子裡，那一條橘子汁的項鍊，鱷魚也看見我頭上這一枚珍珠。它靜止不動。我們交換了禮物。在冬天最亮的這一夜。

2013/01

蜘蛛

　　一天或一輩子了，我用八隻手在無風的白日張惘；用八隻手，在暴雨的夜晚悵網。我的世界是正多邊形的平面，嫌惡從中心輻射而出。我略捕灰澀的文子充饑，抓補粗心大意的蚊字解渴。你們從不知我有聽覺，喜吃苦苦的花語，更愛嚐愁醜的話雨。

　　但是剛剛那一對父女說的話，我絕對不癡。因為我所有的眼睛都看到了，他們竟然，手牽手。

2013/01

哭泣的咖啡豆

　　當我自戀地朗讀著自己的詩篇，微笑地在長廊上漫步，啄木鳥於冬果落盡，新葉未萌的苦楝樹幹上推敲：「豆豆豆、豆豆豆……，什麼意思？什麼意思？」。

　　我返回室內想繼續寫下一句。「什麼意思？什麼意思？……」，那迴響自枯樹空洞的質問聲，在冷瑟的山坳裡來回激盪，「豆豆豆、豆豆豆……」。

　　倒出一些咖啡豆在研磨杯裡和啄木鳥對抗！咖啡豆在杯內聽到「豆豆豆」的聲音，開始變成一粒一粒表面濕潤的眼淚。我開始轉動研磨器，將這些淚，磨成粉。

2013/04

蓮想

一層細砂。幾個月過去了，大玻璃缸底靜置的仍是一片荒涼的可能。

一層腐植土。幾個星期過去了，砂上有殘雲有鳥聲，有花落有枯枝，拌雜的無言。

蓮修長的白色鬚根被平展在無言上。

一層紅土。幾天過去了，混濁的水位終於淹沒如指的花苞。

在其旁，我時而看書，時而寫詩，時而注視從缸底緩慢浮升的小氣泡，想像幾年後的清澈。

2013/07

輯三

成人去回

總是願意到花蓮看妳

／給女兒

有時取道右肩的山線　　有時左臂的海邊
回程媽媽怕我駕車勞昏　　她也不敢閉眼
夜幕遮蔽原本青翠的稜線與輕微浮動的水面
女兒　　要勇敢些　　我們每次會帶來一整個家
總是願意到花蓮看妳

妳帶著幼時的小詩與憤世嫉俗的十五歲
隻身到花蓮求學　　住在鬧區蜂窩的一小格裡
來看蜂一般忙碌的妳　　必須將蜂帶到七星潭
去遠望　　去放鬆緊短的眼光　　臨眺長航的漁船
女兒啊　　妳說真想也在那船上　　世界如此遼闊
我們一步一步陪妳走　　低身欣賞美麗的石頭
有時妳會轉身　　鷗鳥如濤聲飛掠妳消瘦的臉龐
妳又急著想去看松　　那裡是妳出發的港灣
妳說那裡是學習紉綴漁網的殿堂

陪妳到松園諦聽巨松的吟誦後（這是妳的最愛）

妳的眼又像一旁滿水的池塘　女兒啊

要堅強些　我們必須回去了

不要在港口上耽溺於尋找我們的背影

微笑地揮揮手　船總會返航　而我們

也總是願意到花蓮來看妳

2011/05

不在

火車依偎過

一大片金　針　　花　　　田　　　　我不在

母親身邊

2011/06

李白在臉書邀我加入朋友

開啟臉書的我的首頁
（其實我很不會玩這種玩意兒）
動態消息已接近尾聲般不動了
我的圖片還是那個每個人的白色男人
對著那個每個人的我　我發呆了許久
我發呆了好久
我　發　呆　了
不　　知　　有　　多　　久…………

我掉入了螢幕黑洞的漩渦
撞到慧星時頭有一點痛
我看到了太陽冷卻後的模樣
騙你的　我看到了自己變成螢火蟲的模樣
真的　因為我的前世是一頭巨鯨
我是說我的前一首詩
在無邊界的國度裡我願為地球唱一首情歌：
「輕輕打開手心中的你小小的眼
探照出幽邃大洋中我如鯨唱的

驚嘆……」
還不賴吧

後來我在一顆約一兆兆光年外的小行星上
遇到了李白　天啊！　是大詩人李白！
我的心跳快無法呼吸了
我問他會不會冷　有無酒喝
造訪過那些名山大川
有無朋友　想不想家人　諸如此類的事
但是　不知為何　他都不理睬我
只顧著在星球的表面沙地上寫詩
真遺憾　沒能聽到李白說話的聲音
李　白　說　話　的　聲　音
李　白　說　話　的　　聲　　音
……

「渺小的人類呀！
知道自己從哪裡來嗎？

又將走向何方？

你看這宇宙如此浩瀚無垠

真的有歲月？真的有方位？

你感覺到的是你能感覺到的

你領悟到的是你能領悟到的

超越這些之外的

又是什麼？

而這一切

又該怎麼說？」

「垃圾車來了！」老婆大叫

該為那個每個人的白色男人貼張照片

在臉書上竟沒有臉　這成何體統

點朋友　沒有朋友

點活動　你接下來沒有活動了

正要關機時

螢幕跳出了一則訊息：

李白邀請你加入他的朋友

李白？

天啊！　是大詩人李白！

2011/06

月全蝕

夜半
起來尋她
窗旁自縊前
先將斟滿的月
一飲而盡

她看到我仍立定的腳
抿嘴責備我
不守信用
要我將月全部吐出
還給她

2011/06

雲瀑

在空曠的海邊踽踽獨行
潮水沖蝕零散的足印
我想你如常在山的另一邊
站立　如常那一身青色衣裙
指尖滑過貝圓的耳
繞出浪沫鹹鹹的　歎息

就那樣離你越來越遠
走在失去稜線
海岸山脈坎坷的肩膀上
秀姑巒溪從我將去的方向
暗滲出沉默　流淌在多石的淺灘
我怕告訴你想學候鳥飛到外地
讓堤風替我梳你消沉的髮
那樣的下午總是晴朗靜息
我將細細的　逐漸悵惘的身影
留在你從未步移的腳下

你終於願意轉身
微溫的海風將我迷茫的眼神
抬昇　你不急於聽我的故事
只將如你一般輕柔的白色紗巾
圍在我思鄉已久的脖頸

2011/08

傳教士在大雨中敲我的車窗

在久居的小鎮找不到回家的路
方向盤不停迴旋　街角一再被轉彎
燈號溶化地流走了　地面一片海市蜃樓
每戶人家的鐵窗切割狹窄的視野
電視播放著聲色迷茫的幸福
雨刷無濟於事地不停流下更多的淚
兩個鐵騎上披穿雨衣奮勇前進的傳教士
在同向的黑暗中　回首對著我微笑

這一切終於停止了　在紅燈下
防滑墊上的太陽眼鏡還在原位
後照鏡的角度有些太低　趕快調回來
壓一下手煞車　沒錯　放到底了
再升緊四個車窗　很好　毫無縫隙
忽然發現傳教士在大雨中敲我的玻璃
透過水跡斑駁濛亂的畫面我看到
他從懷裡拿出一張濕漉的傳單示意我搖下車窗
……

2011/09

角色

（一）

拆卸腐朽的架構
吸取剩餘的靈感
溶蝕論點　釋離符號
再回到另一個你
重新編寫與建造

（二）

善於說故事　自給自足
儲備好實力　歡迎來消費我
宗派對立因我過剩　或不夠
主張養生多吃素
減少污染　還能萬古流芳

（三）

吃與被吃的世界

擬態是一種虔誠的膜拜

他是n級　　買了他的詩集

我變$n+1$　　消化他

成全一部份的自己

2011/09

他的笑

第二次吞下兩顆有助於輕瀉的黃色小藥丸時

他正戮力於挽救空虛的靈感　甚至安撫肛門以上十公分的急躁

想像人生一場內視鏡探照　若祇剩柔亮乾淨但仍能蠕動的幽邃

那也很好　他本不想來　不想多費心於較之槁木死灰稍佳的

健康檢查　多日前他竟氣憤為何長久腸思枯竭的下場　不能如

椎心泣血般的痛快　像旅店浴室裡這一片鋪天蓋地的大鏡子

可以如此肆無忌憚地反射出他瘦削的身形蠟黃的膚色與虛偽的嘴

最令他嫌厭的是那一雙故作思索狀其實內裡充滿腐敗的衰垂雙眼

鏡內我的左手悄悄緩慢地緊握舉起　我知道他看不見我

看不見我惱羞成怒地漸漸漲紅著臉呼吸急促好似快要窒息

我終於提起勇氣向他做出　致命一擊……

他笑了　他的笑散落在紅水氾濫的地板上　東一塊　西一塊……

2011/10

紙撕情

揣度著與你等量的付出界限
邊對邊　　腳對腳
從此不必再吝惜多餘的著想
這決心已拉成最短距離
食指最後一次按壓拇指的溫軟
鱗甲見證緩慢的
血肉相連的附生
眼對眼　　心對心
一路的傾軋直抵胸口

「啊！」
在刺耳的尖音裡恍惚了一下
這回竟然是真的

2011/11

人們喜歡事件

無關乎層次　　迷宮的心境

隨機地遇到一處入口

隱藏自己　　或完全暴露

永遠找不到捷徑到達捷運

我盯著你的腿　　你的臀

若無其事地按著手機

「您撥的電話無人接聽，請稍後再撥」

盯著巨型看板上的巨型胸部……

人們指示著我指示方向

謝謝　　我沒有要去那裡

無關乎境界　　　空虛的表情

跟著大伙兒排著長隊

真好　　人們都喜歡事件

有一個目的地　　穿著體面

我偷偷地聞著她的髮香

用意淫在未讀完的歷史學裡當書籤

後面那個人竟然推我向前

嗯？他直接穿過我的心
有禮貌地問我是否安然無恙
對不起　我沒有要上車

2011/11

我為妳摘擷山坡上的王爺葵

風景已在背後

一起涉水的日子

遙迢如隱入堤彎的小溪

我們顛簸地走過　撥開阻擋去路的芒花

一段馨香　甚且迷亂的時光

而妳是愛旅行的　喜讓我的肩負著妳飄盪

這時妳又是鴿　是啼噪的愛語者

夢想將巢編織如一間異國的屋舍

你嚮往住在其中

妳初開門就從我臉上仰望到一個家

空宅偌大庭院裡的一棵大樹

但這是你的錯覺　唉　總是不易掃除

那很快就堆積如塚的落葉彷彿不分季節

如今我明白　妳並非不愛那一片枯黃

而是那風　你說如何能將巢築在其上

摧斷而仍不知喊痛的枝幹

如何陪孩子安心在其下　訴說故事

是的　有一次樹的綠葉幾乎落盡

而我們仍靜坐在小池邊　如常地看著金盤的滿月

從海岸山脈輝煌地昇起

輕夜的路燈如星

無雲的天空被洗淨成淡紫色

新月如一只剛被尋獲的銀戒

我驅車急於返回妳身邊

妳愛花　愛香水百合對樹的思念

午后我走向豔麗的戶外

風景清明地開展在眼前　如此透澈

我為妳摘擷山坡上的王爺葵

此刻正亮閃閃在我懷間……

2012/03

超級滿月

第一個他已收屈左腳

一隻入眠的水鳥

你迷醉於帽緣下憂傷的眼

將心託付手套裡信誓的指

一隻甦醒的鷺鷥　伸展雙翅

　　　　　將球　投出……

第二個他已全神貫注

高舉著揭示征服的棒

答應要好好照顧你　全壘打你

贏得全世界的喝采　歡呼

摸不透你的球路

打擊出去……

從未正眼看我　在右外野

你終於如願飛上天　飛

拖曳著長長的冰碎的尾

消失在黑暗後開始往下墜　墜

一陣如淚的光雨中
我以為漏接　一枚
超級滿月

2012/05

所熟識風雨中的空白

／讀楊牧的〈一九七二〉

以一個年代為名
那詩人的論戰將自己捲入散文選中
在一個釀成重災的輕度颱風下午
路徑穿越眼前的他和遙遠的你
所以持續的雨勢是因為你
因為你臆想著　以那一個年代為名
盤桓在廊道上久久不安的　那詩人
所言　登高又恐懼迷惘的眺望
你還是鬆不開緊鎖的眉頭
還是走向了另一端　蒼茫

試圖還原那詩人的表情
在太平洋另一側離島嶼最近的高樓上
你是縱谷邊緣被板塊擠壓的一粒卵石
他剛剛褪下唯美浪漫的薄衫
有時又在雪天中必須外出沽酒
滿屋的書冊從夜空開始飄落
那是何等的心境　如何迎接一次戰役

如同卸換自己的筆名　　他慢慢走下樓

將文字　　將文字的純白原貌

踩成一步一步深陷的足印　　你只能試圖

揣測他腹背受敵的著急　　這些已是一場風雨

他的思鄉的風雨　　你只是來回踱步

摸索那陌生的　　孤寂

他開始點滴地向你顯示

風雨肆虐異域與澆灌故鄉的不同

啊！　　美的死亡種植在美誕生的土壤

採割著晨昏不變的事物　　你的風景

於是一再溫習他的古典　　他的現代

一再於月台下車　　離開　　渾噩　　又回來

將足跡鋪成交錯的鐵道　　依然迷失

從那一個年代啟程

你在風雨中填充　　所熟識的空白

2012/06

＊〈一九七二〉一文收錄於《年輪》書中。

療養院

一排一排的鐵窗
外面太亮
外面太亮

一排一排的鐵門
去找影子
去找影子

2012/07

當丹瑞遇見蘇拉——的M

蘇拉看見丹瑞時　丹瑞頭戴著耳機

他只點了一杯咖啡　應該沒加糖

應該也沒加奶精　領扣扣到了喉結盡頭

潔白的襯衫像手的潔白像潔白的脖子像臉的潔白

一點點鬍子沒刮乾淨的灰　應該是下午才長出來

丹瑞正在看書　一本厚厚的翻成字母M的書

是小說嗎？是散文嗎？但不是　詩

不是留有很多想像的空白

好讓蘇拉的眼睛在上面跑來跳去　好讓聲音快去

弄亂他烏黑的瀏海與烏黑的濃眉　丹瑞從不抬頭

從不翻一下那一本厚厚的翻成字母M的書

他一定是個哲學家　思索著M的道理

將鼻孔想成了M的洞穴　推論著光與影的思辨

用膝蓋想成了M的夾在一起　蘇拉心想：

像丹瑞這種人一定不會想著蘇拉認為像丹瑞這種人也許也會好奇的

像蘇拉這種人將膝蓋夾成M的裡面　到底是什麼內涵

隔壁桌的小孩不小心將薯條灑了一地

蘇拉連皮鞋也想成了阿米許人　丹瑞從不抬頭

他一定是在專心地　思索著M的道理：好美的弧線
他慢慢將紙杯拿起騰飛了兩次（也就是M喔！）降落在
他灰灰的天空下那幾乎是像M型幽谷中的兩片白雲似的
M型薄唇上……

蘇拉必須走了
丹瑞也忽然站了起來

——確實是很美的弧線　樓梯的螺旋角度　向下俯視
　剛好讓丹瑞終於領悟出了蘇拉胸前那個完美的
　M的結論……

2012/08

祝福陳黎[1]

總是比那頭鯨慢了好幾步

從去年聖誕節到今年中元節

等兩天報紙　得知你也如鯨擱淺中

在佈滿軟體動物的沙灘上

你甚且拋棄了殼的意象

依然垂流著乾燥後晶亮的

依然令人作噁的刻骨涎痕

你又過動地產下了兩百顆卵[2]

兩百首在灘上日夜輾轉的文字

不是應該好好休息的嗎？像我

暑假兩個月都在曬太陽

努力截取庸碌的真義　祇讀別人的詩

我想你也能猜出我此刻的肥碩

滿足地兩手兩腳扭腰擺臀常做著伸懶腰狀

將海邊捕魚的事交給海上捕魚的人

讓線索在感官裡夭折　不像你

仍噬食著文字　又過濾

那刺喉的吞嚥在鯨腹中湧現著激情
讓鯨噴出　你名之　再生

找一個瓶子　找一個殼
將總是比那頭鯨慢的電子郵件塞入
說曾在你演講時撐著傘
說我的孩子也是你的粉絲
何時鯨要躍上岸　再次闖進植滿松樹的
寢宮　聽你導覽古今中外超級戰艦
那時三千佳麗簇擁在你背後
我想這些會是很有療效的按摩

2012/08

註：1.從八月二十二日自由時報副刊陳黎新作「四首根據〈馬太福音〉的受難
　　／激情詩」、八月二十六日聯合報報副刊「偽《犄角》十對──仿冒自
　　鯨向海之作」，得知心儀的陳黎老師近日受手腳及背傷之痛，多日牽掛
　　因成此詩。
　　2.指陳黎於傷疾期間受鯨向海幫助及鼓勵，至六月底完成之詩集《妖／
　　冶：200首再生詩》。

誰又永恆了

在遙遠看
一本書　一顆星
一輩子　一秒鐘
巨大收縮膨脹的一次悸動
需要多久？
是什麼年輪了遙遠之外的樹？
眼淚燃燒無盡的文字

微笑
誰又永恆了

2012/09

雙人半日遊

我問你需不需要水。已先飲盡列車離站後的蕭索。你提著懷舊月台便當轉身。我在車外。你在車內。我們終究要像軌道繼續走下去。文字橫陳在我們之間。

我將自己囚於文字的牢籠。你不能明白為何辛苦琢磨。一塊磚將自己送入窯裡。我央求一生一世中的一個夜晚。讓我看見燒出自己的黑煙有多黑。這些以後也註定要傾頹的文字。荒草漫淹並且固黏著一層焦灰的硬物。你抱怨每一塊磚的名字都叫「朦朧」。一條撐傘的影喚我出來。我嚐到渴望你來探監的相思。我在牢裡。你在牢外。我們終究要像牆壁繼續背對著背。文字龜裂在我們之間。

大窗開展在小樓上。戶外的晴朗與遠山與阡陌縱橫與窗古意的檺木。你邀請文字和我們一起坐下喝下午茶。只有我們兩個（一條撐傘的影喚我出來）。秋摔落在姑婆芋逆光的脆綠上。幾次我下定決心想為你瞭望的魚尾紋越獄。像遠方的遊客罷工在稻田中的交叉路口。我們都不說話。靜靜交換舔食著兩

種口味的古早冰。陽光凍結在玻璃桌面。我們是灰色的影。兩張並肩鏤空的椅。

為什麼要倒數計時？我從湖的逆時鐘方向。你從湖的順時鐘方向。在池邊等著出航的舢舨旁。擦身而過。你怕最後一道落日餘暉將驚動整座鷺鷥林。（文字趁勢再次起飛。在黑天裡奔往不同方向。）白日湖面滯留的雲影潛下池底。我們再次相遇在枯坐了一整個下午的漁夫竹簍旁。你的手釣起了我的手。一位父親開來觀景天窗上三個小孩和一車重金屬音樂的重低音。我們找到了一半的共同敵人。

而我終究還是被文字逮捕。在乾涸的溪床上遠看你的列車緩慢通過顫顫的危橋。我躲回翻浪的白色芒花裡。以文字製造爆發的洪水。再一次。淹滅自己。

2012/11

Kody

Kody　傍晚忽然下雨　起初是水珠點落在石磚　弱小的斑漬
因低溫　因晦暗　逐漸連綿成地圖的形狀　觸目所見皆是朦朧
的疆界　低雲塗抹一切輪廓　包括鳥的鳴聲　舉步的高度　月
台路燈的倒影也溶化在水泥地上　我拿出相機將它逼迫到方柱
旁　Kody　我終於找到了你的形象（。**倒影**）

Kody　秋的密度越來越濃烈　我嘗試在那緩湧的流質裡尋找
裂隙　紅嘴黑鵯鎮日在苦楝樹上噪跳　葉　靜立於灰幕前如被
急凍的演員　鳥影穿梭其間　整個下午　像沒有劇情的反覆排
練　我等待遠方能偶有一聲不明的巨響　Kody　你最容易在
此時出現　群鳥匿跡林間　那裂隙或許會在望向遠處稜線上
一棵微小的高樹時　開啟　從無真正的寧靜　只是來回被呼喚
　Kody　今早打開存放舊作的資料夾　假如我說你已死去多
時　你願意相信嗎？　陡升的窄梯下罩放著一頂如夢迷幻的
紗帳　你平躺在裡面　聊表區隔的世界裡充塞著無聲　那些文
字如此滿足地埋葬了自己　從不期待偶有飛蟲會誤闖進去　他
們嗅聞不到你腐朽的氣息（啊！　Kody　你聽見屋角剝落的
時間　蛛絲網羅死亡的濕氣　白蟻在啃噬完殘缺的章節後　卸

下褐翅做為高潮的代價）圖畫褪色在佈滿黑黴的白牆上　有窗外藤蔓的小枝爬進　就像此時不經意的翻閱　沒有所謂的完成　　夜裡我會在白日心神耗竭　於浴室短暫的輕聲喘息自慰後進入紗帳與你合體　Kody　你以空虛接納我　以惡夢與我交談　慫恿我　刪除那些資料夾　刪除他們　安靜睡在你身側（．舊作）

此時我正在別的文字上寫著你的文字　Kody　一種惡習　清早攔截仍不願甦醒的昨日副刊　因我下班後將大筆記本遺忘在電腦旁　我想強調它的大　像一位時日無多的畫匠　於工具散亂油漆味刺鼻的倉庫中　手拿刮刀與調色板　抬頭　面對如牆的巨大畫布　像昨夜我在校園中散步所見黝黑的天幕（你無影地如影隨行）　Kody　文字燦爛閃爍在熟悉的位置　尤有甚者　文字計劃縝密地　悄悄降落盤據了整片的黑色樹影　他們在樹上同時發光　爭相鬥輝　較量持續的時間長短　一種類似幽靈　或夜間出沒獸類雙眼的　青綠色冷光　Kody　你意會到我因自卑　遂無法克制地變形成一頭身影龐然　踽踽獨行於樹下的食蟻獸　我感到從粗壯尾端一條被誘發復活的長蟲　通

過背部與頸項　迫使我打開嘴巴　Kody　你從我口中伸出柔
軟細長　彎轉自如的舌　鑽進了壘壘堆砌的樹影裡　蠱舌四處
旋繞搜括　黏滿了仍在掙扎的綠光　快速來回收放　直接將急
欲脫逃的文字　塞入我不斷腫脹的肚腹裡……（。**食蟻獸**）

強風摧殘樹木　在屋外瘋狂肆虐　刺耳呼嘯的尖音　如萬針穿
透過石牆　急促拍打　碰撞　木塊與窗框之間　落地玻璃門已
被推開　所有的櫥櫃　再也無法阻擋　鐵門不停地受驚顫抖
發出拋棄全部裝甲的金屬震動聲　無法動彈的人　赤裸蒼白
側聳著乾瘦的肩膀　蜷縮雙腿　躺在紗帳內　胸膛劇烈起伏
左手垂下床緣　那是水　從陡升的窄梯上　如長瀑奔瀉而下
流過淺短的石階　匯聚成　混攪著黑影的巨大漩渦（偶爾零
星顯現仍散發著殘光的文字）水由樓上每一處窗縫　狂瀉滲
入　颶風在室內迴繞　發出難敵的高音　似群鬼亂舞　上下衝
撞　光線被強風擊散　避難潛入屋內的文字　被雨水與狂飆撕
裂　四處尋找角落　那人仍不住地流淚　全身因窒息已久逐漸
泛紫　左手嘗試摳動指節　綠光幾乎已熄的文字　輕觸到手
指　他孱弱地　想睜開雙眼……（。**殘光**）

Kody　今晨我與孩子們做著擴散作用的實驗　一雙雙圓滾烏
黑的大眼貼近圍觀　緊盯著1000ml的燒杯　一切相關著期待
　或許他們早已知曉　我輕輕地將你倒出　倒入　羨慕著你的
冰涼　你的清澈　真好　Kody　你呢？　你說今天應該寫下
什麼文字？　我設法不讓孩子們發覺我　肢體的停頓　嘴角勾
起的微笑　他們身上總帶著山林的燃燒　溪流沖洗不掉　小動
物在頭上肩膀亂竄的氣味　使我聯想到暗無天光的洞穴　巨木
斷幹上淤積的露水　我將用一支塑膠滴管　若那是血（至少是
孩子們的聯想　我甚而錯覺是那腥味象徵使他們興奮）Kody
　一滴紅色墨汁沉降到你的底部　宛若一株緩緩挺立的蕈類
（文字此時蟄伏在尚未成熟的菌褶內）　以高濃度與低濃度之
間的平衡　散播出幾聲驚嘆　分子運動模型勉強展示　躁動與
不安　難以預測方向　Kody　我不經意抬頭看到你已站在教
室後門　轉身揮手　離開（。**分子運動模型**）

我驅趕自己飄出　當雙眼因注視螢幕過久感到無淚可流　到夜
裡如夢境被窩內的黑暗操場　走在浮泛著月光的紅土上　一圈
又一圈　近在眼前的樹林內有山羌孤單的吠鳴　有夜鷹急切的

呼嘯　身旁只有200公尺的白色跑道線　我讓自己保持在軌道中間　像一粒安定的電子　不斷繞行於秋夜的沁冷裡　深藍黑色的兩排楓香樹影　將我環抱　深林中　我看見⋯⋯（。螢火蟲）

2012/11

晚餐

那寡婦
將所有的門窗閉緊了
她剛種下一棵小盆栽
日日夜夜
她曾經倒掛在屋頂下
捕捉一些趨光的飛蟲
餵食檯燈旁
間斷閃爍的另一個枕頭

如今她不讓聲音進來了
不要清晨
　　　　山巒上靜躺的雲
不要傍晚
　　　　急於被拉長的影
來敲門　來偷看她
她情願也將所有的時間關掉
從冰箱拿出剛解凍的落葉
自己慢慢吃晚餐

2012/12

水晶魚

準時的列車上
同向座椅整齊出發
他隱入其中一格
背包衣帽如常放好

他拿出一本詩集
尖銳的鉛筆
純白封面游著水晶魚
翻頁時滑落一張報紙

油墨味的廣告女對他微笑
緩慢地啜飲假睫毛大眼
摺回詩集中把紅唇咬破
眨眼將小泳衣調高

列車在黑暗中前進
他推敲譬喻與比擬的差異

定義著形象思維

水晶魚　閃亮車廂

2013/03

詩體的雜念

（一）

在棺裡　聽
心跳聲何時止靜？
手腳已無力抬起
踢翻銀河
擊破天幕
後面是什麼？

在棺裡　看
另一個我
口對口　眼對眼
他將我說過的話
吐回我嘴裡
我真正地死去

在棺裡　問
怎麼會在這裡？

身旁祇剩一隻筆
開始寫下一生
花香與塵土
滲進耳鼻

（二）

找自己的殘篇屍句
到那時　或許是
水晶體內繞射不出的光
耳蝸裡仍在迴旋慢行的
那一隻牛（偶爾對牠彈琴）
是鼻孔一輛開進
　　　　一輛駛出的火車
已經停息噴煙　到那時
一顆紅血球是一個字
相互爭論著為何不再前進
心臟淨空成偌大的停車場

屍句被瓣膜卡住　沒有搏動
能再將他們調轉回頭
回到堅硬的腦袋
　　柔軟的骨骼
或許　到那時
這些紅血球會
不夠用

2013/03

阿母叫我麥擱愛伊

海苔片的厚度
我與阿母的距離
一星期打一次電話
無鹽少油

阿母叫我麥擱愛伊
她已經住在洋房內
小時候答應巨人的阿母
要讓她也住在巨人裡
大哥特別找了一位有電梯的
給她　給終於開始
一起有白髮的溜滑梯　曾經
阿母拉著我們的尖叫聲　往下衝⋯⋯

阿母叫我麥擱愛伊
她自己會去游泳
不用我的思念令她浮沉
她自己會搭免費公車回家

不必我問煩惱的階梯太高嗎

她要我也把關節顧好

她自己會去唱我聽不到的卡拉OK

自己會去學塗鴉日子的蠟筆畫

不要我禁止她把駝了一邊的

彎背　貼在白色的牆上

看32吋的連續劇　看

別人的兒子　如火如荼地

迕逆她

阿母　你喜歡吃什麼

黑貓會替我抓給妳

妳也要顧好眼睛看仔細

它多送了一隻　我的心

2013/03

疑情養性
／兩晚

她向陽的莖

她向陽的莖粗壯
像海膽的針

男人的陰溝微微裂開
蚌唇冒出小氣泡
很有善意的

密合的癱軟
同時高潮
他們的失眠

舞足獸的魔術

夜裡　我們糾結的髮
終於將你放鬆的島嶼
水平地浮起
在空曠的三角洲
潛入舞足獸
翻滾著濃密的落葉

我的魔術
誤觸那個按鈕之前
你不會醒來

2013/03

災情雙重

冰涼樹

請妳不要再咬了
不要再嚼我的名字
滿山遍野種下冰涼樹
總是用瞭望的眼
砍除相思林
專家說　這樣
嘴巴會很容易說出
比生病更生病的話

而我在遠方
看見冰涼樹上顫抖的月
就知道你那一邊
又發生了土石流

災害防救演習

轉身後　你走出傘外
地層開始下陷　我停留原地
巨石重壓著崩塌的胸口
無法評估的災情陸續發生

你從海上來　當貝殼打開
海嘯對我久旱的心房無堅不摧
災害防救演習　一時慌了陣腳
雖然重覆操練　卻仍傷亡慘重

震源正好位在心室中隔上
斷層破裂帶的疤痕難以癒合了
從此於無波無浪的堰塞湖底
放棄呼救……

2013/04

無意象教室

粉筆

誰會想到
時間的疑義
在我身上
　　以為釋懷了
　　以為留住
空間也是
恣意一揮
竟成浩瀚星空
我們住在其中一粒

我的存有
無法重覆的重覆

黑眅紀事

他在我鬱綠的廣袤上遍植知識
我看見你們相互撞擊
　　　　　迸濺閃爍
一瞬的位轉
那禿頂上的旋渦佈滿蒼茫
（中心仍搏動著潮紅）
將你們牽連成一處寂靜迴繞的宇宙

2013/05

飛沫傳染

我聆聽妳滔滔不絕的廣播
以暢通的耳孔與濕潤的角膜
打開五臟六腑
全面接收那輕快病毒的塵落

胸膛長出了一大片草原
和幾朵　不會很香的小花

不想關掉電源

2013/06

月亮雨

夜半電話鈴聲震破了蚊帳
一蓆薄薄的黑夢　重壓
掀不開印尼看護咀哨的國語
吞吐著英文　一隻88歲的羊
突然在床上跳舞
高舉四足
鬆弛的肌肉過度抽搐
30公里外的鐵門來不及拉下
來不及安撫門邊一株彎垂的蓮
發動引擎　甜睡中巨獸的鼾聲

躲在藍雲後　在間雨間
滿月發出了笑語
欣賞吧　道路柔媚如蛇身
晶芒街燈像不像蛇眼？
嗅到了銀盤後的暗影？
雨慵懶落下　雨刷猶豫
乾澀眼皮抗拒著低彎的搖籃曲

滿月在夜涼裡發出了訕笑
從不踩煞車的　前方紅燈
長長倒映在潮濕的緘默上
輪的磨蝕從不停息滾轉
方向不是都一樣？

——若能偷偷地將圓月摘下
　　像狩捕到一顆善說咒話的水晶球
　　再歡愉地將它徹底打碎

羊躺在塌陷的病床裡
頭還在迴旋
塌陷的還有冰冷的光線
我伸入暗影的被褥裡握住她的手
吊點滴的目珠說好痛
羊不想跳舞　一直追問著
怎麼會全身軀都沒力？

2013/06

＊6月23日有「超級月亮」的那一天凌晨兩點，88歲的岳母突然癲癇症發作，月雨裡驅車到醫院探視。

我的妻子這麼愛我

我的妻子這麼愛我
半夜我將隱隱靈動的濕意
夢遊囈語地滴到了褲襠
她一邊漂洗一邊微笑地說：至少有稿費
我怕萬一尿不出來呢？

我的妻子這麼愛我
常常我多吃了兩顆巧克力（構思是很耗能的）
她將血糖計刺針刻度調到最深
——OUCH！我想到了！
她說擠出來的血還不夠

我的妻子這麼愛我
終於我將成群的螞蟻寫在馬桶裡
（其中還有一兩隻我自戀的淚）
她看見就拿殺蟲劑將它們全部噴死
然後轉身回被窩裡說：沒事了，乖乖地睡……

2013/07

夫豆芽

那麼愛我的妻生病了
幾天前她笑呵呵夫的這一鍋綠豆芽
鍋蓋被撐開
爬出了張牙舞爪的白鬚

遲疑的手伸進鍋內
無意間折斷了幾條輕脆的心跳
彷彿也壓垮了幾絲纖弱的呼吸

我將這些錯綜複雜的濕漉
分成三袋
小心翼翼地　放進冰箱裡

2013/05

一粒小石頭

我將憂愁這一粒小石頭

從上衣左邊口袋

慢慢地　拿出來

給九重葛看一看

　九重葛將僅剩的綠葉

開滿了壓垮圍牆的紅花

給芒果樹舔一舔

　芒果樹滴落濕黏的蜜汁

燕子在濃蔭裡穿梭

給火車聽一聽

　火車吼了兩聲：嗚…！嗚…！

警告我請勿闖越平交道

我將憂愁這一粒小石頭

放回上衣左邊口袋

再輕輕地　　拍了幾下

2013/06

母親的房間

那是如夕日偏斜的沉落
電視與床與妳的背與牆　的偏斜
妳以凸駝的擦拭來消磨歲月
就像餘暉規律地撫摸雜亂的物件
牆上生了一朵白花
妳還牢記將舊照藏放在收納夕日的鐵盒裡

但妳不願我們再開啟
我進入就嗅不到妳畏懼遷徙的青春
此處是妳的巢穴
妳儲存過期的茶葉蜜餞太多的藥丸和紙巾
（灰塵繼續豪飲著密封的洋酒
真正已微醺的是尿盂內的白垢）
在已獨睡二十年的雙人床上
鋪墊厚厚的被褥
我們早被妳鑲入櫥櫃後衣魚繁衍興盛的角落
它喜食幼稚園畢業照小學健康手冊中學成績單
我以為妳已習於啃嚙安靜的冬眠

仍聽見冷風呼嘯高樓窗隙的尖音
我頻頻進入端詳妳側躺的惺忪
在妳鬆垮的岩層上按摩遍佈黑斑的褶皺
電視太近的反覆劇情提醒妳一再逼問：
「房間裡有老人味嗎？」
我將頭偏斜向窗外　篤定地說
沒　有

2013/09

她

她

　　在137億年前宇宙大爆炸後

　　在一處幽靜沙灘上的一粒小砂礫上

　　北緯23.1度東經121.5度的一座小島　在

　　她32顆牙只剩2顆10萬根頭髮只剩2根黑的

　　身高倒縮23.5公分脊椎向前彎曲23.5度

　　向天空張望了32000多個日子後的一個無風的下午

她　此刻正站在足足長出了89枝竹枝的竹叢下

　　左手鬆握著一支生鏽耗鈍缺刻的劈柴刀

　　右手高舉欲拉扯一枝夠不到扳不倒折不斷的新長綠竹枝

她墊高了早已退化性關節炎的頸關節肩關節腰關節髖關節

　　還有膝關節和踝關節　再慢慢換手

　　右手垂握著一支差不多和她體重同重的劈柴刀

　　左手再次高舉欲拉扯同樣那一枝抽刀斷水水更流的新長綠竹枝

她說屋前那一棵60年前從新竹搬來後山種的三層樓高的土樟樹上

　　長了一窩有她親生的8隻螞蟻住在裡面的螞蟻窩

　　日日夜夜在她向天空張望了32000多個日子的眼睛裡　爬來爬去

184
185

日日夜夜地　爬來爬去

她想把它戳下來

　　一定要把它戳下來

2013/09

圖呀集

稻草人

　　　　　　哈利路亞
我是無法淌血的十字架
　　　　　　未曾走動
　　　　　　　　就闖入了你的信仰
　　　　　替你堅持假假的打扮

　　　　　　哈利路亞
　　　　我是群鳥的教堂
　　來我國度飽足　到我身上歇住
　　　　只要我不被神
　　　　　　不是
　　　　　　不被人
　　　　　　拔
　　　　　　除

散

。

收吧

淚停了

以後再打開

恐怕無法　輕易遮住

那仍在　滴滴答答　破損的

孤

單

J

他詩你詩我詩他

一對一單冷空調

一對一單冷分離式空調

一對一定頻單冷空調

一對一定頻分離式空調

一對一定頻單冷分離式空調

窗型單冷空調

窗型單冷空調（右吹）

窗型單冷空調（左吹）

窗型雙吹單冷空調

窗型變頻單冷空調

窗型變頻雙吹單冷空調

窗型變頻冷暖空調

一對一變頻單冷空調

一對一變頻冷暖空調

一對一全變頻單冷空調

一對一全變頻冷暖空調

一對一變頻分離式空調

釘

　　　各
　我的原則
　　　自
　你的觀念
　　　堅
　　　　持

　　　沒
　　　得
　創的你意
　我際實的
　　　商
　　　量

恐怯

```
            目
            注
            的
            惑
            迷
    我著      上              子
    視        閉              眸
    凝        隻              的
            晴     一      調
（…       了   眼  中  單    他走     …）
  怯       我  多  其  他  跟      怯
  恐）    死  麼  到  見  才     （恐
        嚇那直看我
```

刺秦

讀周天派

小詩「圓夢」

躍躍欲試

火車上構

思著如何

也寫一句

隨物宛轉

從牛皮紙

袋中拿出

的筆竟垂

直重重

地掉

了

輯
四

海端／界外

你是一段精彩絕輪的舞

／感謝輪椅國標舞后林秀霞小姐蒞校演講

你是一段笑臉盈盈的舞
留下來　遠遠看你

你是一段已經放下的舞
雖然配樂怯場了
優雅的手勢在諒解後
抬升得更美麗
不再抱怨父母不小心
不再憎恨自己是少數
雙輪是你美麗的舞鞋
眼神因知足而迴轉出圓滿
你是一段已經豁然的舞

你也是一段動人的故事
口才因感恩而流露出真誠
能言善語地娓娓道來
孩子們　要珍惜所擁有

孩子們　要勇敢地嘗試
像你一樣　堅強地跳起來

帶著老師的鼓勵與祝福
登上國際舞台
把獎盃又頒給了學生
將第一名送給了父母
雖然最後手錶也怯場了
你粗曠的嗓音眉飛色舞
嫻熟的舞姿迴旋輪轉
將久久留下來
讓我們常常欣賞
你是一段精彩絕輪的舞

2010/11

秋收
／記池上稻穗音樂節

你聽
樂音自阡陌交會處響起了
人們興高采烈地往此聚集
女兒小心翼翼地扶著母親
老人面帶微笑地滿足坐定

你聽
樂音自澄黃的熟稔中流出
依戀地迴盪在山與山之間
旅人聞聲驚喜地停下腳步
稻穗上徘徊著情侶的身影

你聽
樂音鑽進了忙碌的收割機
粒粒搗出的是醉人的音符
農夫無暇於歡樂的嘉年華
他們是秋收真正的指揮家

2011/11

據小孩子轉述

／記花蓮詩歌節現場

據小孩子轉述

大師腳不抖了

大師笑了

小孩子的老師

也很滿意

據小孩子描述

轉換兩首詩之間的心跳速度

是很艱難的

（非經熟練請勿輕易嘗試）

小孩子建議

那就望向陰黑的窗外

較之於萬頭攢動的室內明亮

松　也伸首進來偷看

當然是有助於營造恐怖的

吃人意象

所以據小孩子轉述
沒記得大師幾個名
沒看到大師眨幾次眼
只要松點頭了
小孩子的老師　也很滿意

2010/11

讓我們登高去

第一樂章：杜蘭朵請聽我說

課本與考卷抹煞了懷舊玩具的古意　進入便當店其實剛吃完早餐　老電影海報貼在大腦記憶區公佈欄　懷舊最終只想喝一口彈珠汽水　店員說沒有賣　只好想像自己如氣泡在玻璃瓶裡打轉　走　今天離開背誦　讓我們一起去放鬆

第二樂章：小野麗莎高音唱不上去

驚喜總在主要道路外　南下台九線344K　向右轉　公墓也排好了歡迎列隊　以綠色隧道的雙臂　展開黑洞般暫時失憶的擁抱　或是追思　明野古橋前　楓香紅葉逆光映在幽黑的歷史裡　不要粗心大意地掉下去　那高度剛好是橋下一隻黃色狗屍　走　收起彎姿　讓我們一起　上揚

第三樂章：柴可夫斯基義大利隨想曲

終於將所有的屋舍踩在腳下　三個黑影在懸崖邊站成了蒙太奇　只有飛行傘敢直接衝下去　那是另類的夢境　只比未成年偷喝拿鐵刺激　但不比以手指餵魚滿意　在這植滿草皮的高台上　我們說少了一些花　少了媽媽和小表弟的驚聲尖叫　如果他們堅持要滑草　我們也會尾隨追上去

終曲：披頭四肚子餓拒唱

走了兩百哩　到了兩百哩　點了板條滷肉飯餛飩麵　偌大的石板桌　使人想起神秘黑矮族的傳說　他們以前也有課本和考卷？　他們曾經像我們如此？　坐在一起商量　如何逃離規範與束縛　其中也有一個父親　帶著三個孩子　說：走！讓我們登高去！

2010/12

9.0
／記日本東北大地震

你癡滯於太過龐大　無法詳盡描繪所有的崩塌
太輕率了　企圖用侷限的語詞裝下沉重的恐懼
壯碩的悲痛　不可能　因為你未曾真正死亡過
雖然你深怕死亡後的一無所有
就像發生在遠方的戰事
你眺見火光　聽聞雷聲
卻仍毫無所動　因為你不在那裡面

所以你向學生暗示　生命的偶然與隨機
若干相關的跡象無從追循　例如染色體的分離與重組
返家的列車暫停在一座敗舊的倉庫旁　高高的小窗外
錯亂的意象令你無端地想寫一首沒有主旨的詩
潑紅的九重葛與浪蕩的芒果花正在嬉鬧
板塊此時已提早一小時放學　他們在大洋的操場上追撞
連海岸山脈的雲瀑（從暗沉的低低的陰霾下瀉出
好似白色魔爪輕輕推開黑夜裡一扇吱喳的門）
夥同赤焦的蘇鐵　亦不敢直視　你的詩句

預想以因為我在裡面做結束　在鐵軌迷濛的交會處
或是在雲瀑後排山倒海即將撲來的水怪
他們出發了　殘破的蹺蹺板一端　惡夢正酣般地懸空
腦海裡仍在質疑　那午後演講者披頭散髮的瀟灑善意
西塔琴聲帶動我們如癡如醉地搖頭晃腦
私底下慶幸　不必連續腹瀉六十天才能領悟出
流浪和旅行的不同　安靜與安定的差異
幻燈片裡的苦行僧倒立將頭部埋在土裡半小時後
下午二時四十六分　水怪傾巢而出　十指急速在琴身奔逃
所有物件遵循地心引力　包括尖叫聲與求救的意願
嬰孩來不及聽見自己第一次哭泣
剛訂購一批自殺的用具　在網路上發佈訊息
這一次弄假成真　來不及向所有親友道別　誠懇地說一聲
我愛你　所有的盼望　見識作用力與反作用力後半小時的一半
二十公尺厚的眼瞼笑成峽灣淫譃挾雜著斷木的黑色嘴臉
以噴射機的速度斜睨了過來　一公尺的親吻有一噸重
古松就在屋頂上排成美麗的倒影
輕航機散亂成水怪玩膩的玩具被

隨意丟棄……

幻燈片裡恆河邊癩痢狗啃食著一具擱淺的腐屍

你想該用什麼適切的語句形容

適切的　絲毫不增不減空泛的虛榮與矯柔做作

從此不敢再輕言流浪　生命的貴重浮在河面的雲影上

你終於決定摔琴　就像海水將峽灣再一次掏空

你的樂音需要活的生命傾聽　必需先活著

這樣的論述前提　那些成排如新產汽車

被沖上山麓的浮屍最能認同　然後才開始想

那些影像最能代表那個國家　代表自己

從能劇始　至默劇終　該將這些影像如何崩解離析

需要何等的震撼　生命終於想到該走向何方

一位詩者終於問自己為何作詩

為何活著

又需要何等的搖撼才能使倒覆的自我醒悟

從來明瞭生命脆弱　無法預警

卻從未記取教訓　人類文明危害人類文明

若干不相關的跡象顯示　好似一首詩的成形
你尋覓文字　文字總是逃逸出理智之外
你問生命的本質　生命早已被激辯浪擲
樂音隨洋流繼續遠颺　到達尚未旅行過的地方
消失了一處雪景　低溫站在敵人那邊
觀光景點從此包含被質問需不需要的
核能發電場　真正的災難才剛剛開始
輻射　遮掩壓抑創痛的代價
會否超過
9.0？

2011/03

恍若隔世的

／側寫羅智成先生花蓮文學迴鄉講座

恍如隔世的
　曾經　我確定
無數昨日後的今天
一顆小隕石被
巨大恆星吸引
吸引　但保持距離

——我偷瞄到他身後預備為人刺青的那一隻黑筆魔棒

恍若隔世的
　曾經　我願意
老師當起了學生
欣然地叫你老師
看你比手畫腳
　　左顧右盼

你說這樣的詩

很麻煩

——那個一身黑衣不戴佩飾的壯碩大漢有何異於常人

我堅信　曾經

恍如隔世的

在一間有音樂　有貓

充滿了人與書的房子裡

你躲在一隅施展魔力

讓人養書　書吃貓

貓出售人

你說這空間是你的

庇護所

——我並非刻意但覺有趣故意將他的孤獨逼向角落

恍如隔世的

曾經　我也希冀

如你能環遊世界

將城市隱藏

使影像欺瞞

當聽不見的音樂開始演奏

你以文字魔術

再變出來

雖然你不一定想聽到

如雷的掌聲

——在浩若銀河的舊書牆上竟一時無法看見他的星宿

2011/07

＊註：講座地點：舊書鋪子。

八部合音

／側寫台東縣海端國中布農族青少年合唱團參加國父紀念館
「天韻舞影」表演行前練習

冰冷的膝關節起立時敲了一個低音
淺淺的領悟只能在一旁安靜地傾聽
偉大的獵人在林中得到蜜蜂的啟示

腰際的蠹蟲努力囓嚼整棵樹的生命
那沒有方向的鑿刻牙聲　婉轉纏繞
千頭萬緒離掏空樹莖還須一番努力

黃毒蛾毛蟲戴著小紅絨帽前來閱兵
肩旁司令台上數十隻肉足踢踏作響
收束芒草　集合隊伍　聽見祖先呼喚

女孩在樹下圍成水蜜桃子心的半圓
跳轉一次　羞怯又躍入鄰旁的髮際
清脆悠揚的擊掌　震醒母性的承傳

鼻下多汗的短髭總是撕碎嚴肅的中音
男孩毛躁的喉結吞蘋果時並不順利
交錯的臂腕撞擊出漫不經心的聲階

異鄉語言　異鄉孩子　要認真唱
國父等著欣賞　主任₁的白髮付出憂悒
用無怨無悔染一染　青春從未褪色

那穩定不斷的尖音已站在樹稍上
五色鳥本來就不知道自己是五色鳥
雖然鳴聲應更高亢　節奏與生俱來

永遠堅定站立的　還有老鄉長₂
孱弱的訓語在帽緣勾勒出榮耀的圖騰
蜜蜂和諧的翅音共鳴在歷史的洪流裡

2011/05

註：1.帶隊訓練：教導主任趙意如。
　　2.指導教師：胡金娘女士。

和我們一樣幸福

／柬埔寨兒童的故事《小星星的心願》紀錄片觀後

和我們一樣幸福

全家人同看遙遠的悲慘

在討論如何裝潢的廚房裡

最難烹煮的是　關於宿命

我們可以請假　休學　或大發慈悲

窗外路人聞不到希望　或垃圾

堆積如山的前途　關於夢想

這也是最難焚化

和我們一樣健康

因無零錢購買煙酒檳榔

鎮日赤腳在垃圾山上健行

以割傷深刻欣賞　刮鬍刀片　針頭　和人骨

撿來裝飾房屋的　鏡子　玩偶　與神像

啊！　這家徒四壁的軀殼呀！

裝了一天破爛才換得一頓晚餐

誰來回收疾病　能否

用和尚的剩食來餵飽命運
而連狗都不太多見
免得被它們撞見更不堪憐的乞討

和我們一樣快樂
若我永遠不必長大
不必許願當老師　護士　或有錢人
哥哥去上學了　輪我到街上
我分不清媽媽　軍人　和君王
他們總是躺著　就像一座一座的垃圾山
但我不想離開他們　我不想吸不到
所剩無幾的奶水　正義　和國家

2011/10

恐懼在輻射雨中散步

／聲援《微笑向陽遠離核災》廢核行動百萬花開

將羅列的神祇融合為一個安全的信仰
停止以激辯真偽的戰爭提煉不同文字的經典
所有的上帝一起商量　如何永遠徹底銷毀
說　因為恐懼在輻射雨中散步
如何澆熄未曾消弭的硝煙　如何逆轉襲擊
只要所有的上帝願意一起商量

一起說　恐懼在輻射雨中散步
只因熱帶森林的巨木移民成富豪的傢俱
城市丟棄的食物竟足以餵飽整個沙漠的饑民
只因赤道線以北的晚空入夜後依舊燈火通明
如何將貪婪裂解質變　將奢侈轉化衰減
或許所有的人願意一起犧牲

生物都不喜歡在輻射雨中散步
他們也未曾聽說過達爾文　或創造論
也未曾看過電離的手偷偷將拼圖中的一片取走

魔幻般的不需經由介質　平衡的金字塔從此開始崩塌
車諾比的遺孀尋不著乾淨的土壤厚葬她們的英雄
而輻射雨　又再次在花彩列島上空
像乾燥的花瓣　飄散

這樣的文明其實不難分辨智巧或愚蠢
多次大滅絕也從未讓地球母親如此哭泣傷心
而且　恐懼甚於難過　好似再也不認識自己的孩子
住在巴比倫塔上的他　做到了上帝未必做得到的事
然而所有的上帝一定不願意看見
他即將毀滅一切

2011/04

微小星光

／記台東縣原住民學生歌唱比賽

我從黑暗的矜持走向你

你早已充滿所有聽覺空間

你是光　可以繞射的芬芳

眼眸漸次開展在山坡上　是百合

那脈紋譜唱著風的　小溪的

思念的感動　是百步蛇

聽見了也由水底冉冉探出頭

但我只能遠望　在迷霧中

你款擺的身姿如樹　如巨石

我不能再靠近　再去輕觸那莊嚴

從頭飾到腳鈴熠閃的微小星光

將世界以和諧　以單純的微笑

強烈照耀……

2011/11

我們來超度觀音的苦海岸

／為桃園縣「觀音藻礁自然保留區」設立請命
　二〇一二年四月二十四日立法院「搶救藻礁」公聽會吟誦

我們來超度觀音的苦海岸

海岸裡早早焦躁著魚族蝦蟹　　快四年了吧

等不到一句我來保護你的公告

他們說天神地祇邪魔外道都辦不到

我們有國小退休教師中研院院士與法師*

企盼的眼睛如藻類大量繁殖

氣急敗壞地冒出氣泡　　億萬年來生命的味道

祖先的咒願仍膠著在礁石上

我們備齊了焦慮　　要來超度觀音的苦海岸

因為海岸不是自己家庭院

可以傾倒廢土盜採砂石亂蓋突堤與輸油管線

牡蠣所以無家可棲　　唐白鷺從此也移情別戀

二十公里的紅毯即將消失　　像變了心的愛意

一年也長不到一公釐的堅定　　絕望的紅顏就褪色了

就想不開地食下了灰灰的不是石灰的漂沙

暗無天日的光合作用無光如何作用？
骯髒惡臭的濁水如何沉澱世俗的嘆息？
觀音的海岸被毀容了　兩千年的修為毀於一旦
我們留給子孫的彷彿是地獄

我們來超度觀音曾經美麗的海岸
海洋是我們的父母　我們本自藻生　漸而為蠕蟲
為魚　為難捨水源的蠑螈　又成爬蟲爬向天空
爬上陸地　是萬物之靈的手足　小孩不知這些劇情
他們缺少陪伴　一如我們的麻木
習於讓工業區燒完很快就燒完的天然氣
慣用重金屬搖滾樂般的重金屬廢水自我麻醉
他們很少聆聽床前故事　一如我們很少看書
大地的故事曾經如此精彩上演
只是我們扮錯角色　演壞了情節

＊註：聲援儘速公告設立「觀音藻礁自然保留區」人士至少包括：觀音鄉大堀溪文化協會理事長潘忠政（新坡國小退休教師，搶救千年藻礁行動動員人）、中央研究院院士廖運範、弘誓學院釋昭慧法師。

畢業旅行

*巴士電影

隔壁在槍林彈雨
耳塞頑強抵抗著
冷氣　疲憊
　　　　與血腥
終究失守於
震天嘎響
搖搖晃晃的劇情

*

只有未開過
　　　透明
　不會坐下的礦泉水
安安靜靜地自己在
看風景

*

到11-7排隊射擊
高山水果價位也很高
買一盒海苔野風和菜
為連日可能的堰塞
吃下太平洋
吃下武陵農場

＊巴士卡拉OK

對面的油灌車衝過來
窗外的青山綠水逃竄
迎面撞擊的連環大車禍
在快要斷　氣中
等待救護車

青春呀！
死在找不到急診處的歌聲裡

＊

巴士上的卡拉OK
四個輪胎四個形狀
巴士上的卡拉OK
心臟被敲得　很雪崩

＊烤鮮蚵

吊在內心海裡
成串的堅定
不怕無波無浪的觀賞

你說從沒嚐過深情的滋味
炭火正紅　哇沙米已調好

不怕火星子灼燙的警告
執意用鐵夾一探究竟

「哎呦！怎麼會是這副德性？」

＊苛薄館

穿越生老病死的生命科學廳
到麥噹噹讀〈新詩百問：詩應恢復秩序〉

詩人啊！
請不要抵抗時間
你就是時間

＊蓬甲夜市

泰式鹽水雞＋梅子奶凍
＝高空彈跳時唱詠嘆調

芒果青＋燒麻薯＋蒟蒻鮮果汁
＝《稀哩人妻》電影版的幕後花絮

＊麥噹噹

一邊馬里亞納海溝
一邊珠穆朗瑪峰
聲音只是靜物
靜物只是聲音
我的眼神一直
M地M地　起起落落

＊英雄家

那個在交誼廳沙發上戴帽低頭閱報的
白髮老人　一動也不動　好久了
我以為那是雕像　還是死了？

＊餵冰交接

灰灰的白色廣場上
阿本啊　　×　　n個　　走開！
阿六啊　　×　　n個　　讓開！

小心我真的又開槍

＊可可可樂詩派

　　　　　吹捧
　　　　　充填
　　　　　包裝
就是不想貼標籤

2013/05

答案

邱玉君小姐你好：

此信的目的是想恭喜你
也成了一名螳臂擋車的歹徒
你在田裡衝向怪手的時候
我就站在你身旁　是的
「比共產黨還要共產黨」你吶喊

後來那些坦克還是開了過去
你看見一粒一粒稻穀被鑲破
　　　像一顆一顆爛裂的頭顱
　　　　一畦一畦黑土被挖走
　　　像一具一具堆高的屍體
良田被踩躪　滿目瘡痍
你們拿著已變壁紙的所有權狀
拍一張上台領獎狀的大合照
背景是無論怎麼抗議　如何哀求
都沒有用的　殘敗荒涼

你面對高官咆哮要求的答案
或須諳熟一些公式才能破解
例如犧牲別人小我完成自己大我
例如哄抬地價炒作地皮
例如以債養債養成五腥級的政績
例如父母官的豪宅不必拆
六坪的藥房被敲碎還要自付醫藥費
例如無能的中央跋扈的地方

土地公說沒辦法
教授雙臂淤青被架走也無法回答
那些坦克終於很交通安全地迴轉
將你的答案徹底夷為平地

祝能重建家園　王維林敬上

2013/07

＊邱玉君：苗栗縣大埔農民。
　王維林：六四天安門事件擋坦克大隊的男子。

日子

／懷洪仲丘

擔負著你的日子

這亞熱帶島嶼

被撞擊的隆起

更像一片擱淺的枯葉

擔負著你極限浮腫的靈魂

壓著他　異溫的洋流也

無法挪移　比小行星更失衡的

抵抗

你的血管是湍急的溪流

正待流過草原　流過白色針葉林

正待流過櫛比鱗次的屋瓦

流向一望無際的大洋

你的血管在島嶼的每一處縫隙破裂

擔負著你高溫的側躺身姿

號令也擱淺許久了

而日子　總是被稱為

被拖曳的日子　再次昏睡

再次恍惚地甦醒

一切按照計畫收拾行囊

出發

入夜後

（喔！夜啊！你無法變得更邃暗）

我們投宿一間敗亂的旅店

你的一隻鞋履順著溝水流下

淙淙說著喧囂的安靜

有藤蔓被種植在茂密的

閃現著銀亮的黑網後

粉紅的紫葳伸出圍籬

身穿紅色涼衫的神躺在陰黑的樹下

他的廟宇燈火輝煌

（這小村已甜甜入眠）

他的廣場潔淨　橘色光澤凝著似果凍

我們散步到一座橋上佇足

橋下巨石堆疊　一張張面孔

你站在乾涸的溪床中央

高舉著右手

你終於願意領我走向高山

清晨陽光逆照著綠葉

從蟲聲的針葉林尖稍灑下光芒

你的母親在那裡俯瞰

她張開雙手遮罩你的臉

綠色的臉旺盛地分裂複製著藻類

魚群殷勤啃囓你身上的斑點

你的輪廓開始延展

領我走向湖的中央

我聽見樂音從黑天鵝的彎頸昂揚

雁鴨爭相咬唧　輻射飛往青山的稜線

那樂音迴盪在輕微波動的湖面

你衣冠端整的正襟危坐　　忽然傾斜
那麼濃黑的雙眉　　倒覆如林中斷木
他們持續在湖邊旋繞
堅意刷洗你身上的鱗片
彷彿每個人手掌心
長出了一面鏡

號令的回音也延宕
越過無雲的晴朗
尋找可以反射的邊界
逐漸消失後又再回填的真空
這些雙唇緊閉的日子
言語被醃漬在舌下
那距離嚎啕如此接近的
遙遠

我們又從背包拿出

擔負著你的日子

列車準時進站

人群密不通風地相互穿越

我靜坐在熙來攘往的角落

觀看他們談笑風生

手可以勾挽著另一隻手

裸白長腿仍匆忙地踩過剝離的斑馬線

這亞熱帶島嶼的體溫也正不斷地上升

日子蒸騰

在紅綠燈片刻的等待間

看見你　站在對面

2013/08

終日我思索核是什麼

終日我思索核是什麼？
從肚腹向夜空無盡迴望
雲霓奔落漲滿溝壑
影像尋覓著影像
身形飢渴地配對身形
冷卻了炙熱且極亮的裂解
反駁浮泛著虛無的浩瀚　透過脈搏
（熟悉的　渲染在核之前微笑的暈紅）
透過成為潮汐的一部份
那回擊毀滅輕微的踢動
核　安詳地被馴養在宇宙的肚腹裡

脈搏的歌聲
廣場傳來引力的合唱
慫恿希望從溫柔的土壤拔起
呼召勇敢自香甜的吸吮脫離
（母親　妳的名字還有另一個字）
還有花瓣開啟時的巨響

水滴聒噪地融合　雲霓聚攏
如子葉接納陽光千弦萬絲的拉縛

被剪斷
被驅迫
眾多刺耳的不安定呻吟
絕望地跳轉在不安定的渺茫軌道間
為何我說不出那個字？母親
極亮的尚未黑暗嗎？
炙熱的還可以再熾燙嗎？
挖掘天崩地裂地直指地心
而謊言像病毒一半生命一半自由全部賭注地擴散
肚腹正逐漸潰爛……

核是什麼？終日我思索

2013/08

Man of Steal Soundtrack

轉彎過那一個外籍新娘被好吃懶做
的老公打跑了僅剩寥寥幾粒褐色檳
榔模型的檳榔攤就是一大長串剛掛
上的佈滿大頭金蠅整排粉嫩多汁欲
滴的五香香腸還有整排擠在管制入
口載滿外地遊客等待上山用黑卡甩
出金針山美景的一輛一輛福斯箱型
車他們是絕對不會去理會附近那一
座高大聳立在田邊早已風蝕斑駁失
去橘色光澤的一朵金針花水泥意象
雕塑綠意盎然的田邊還有一間新漆
鮮紅小小的隱沒在山坡下晨昏青煙
不斷飄香的土地公廟其旁不遠處就
是庇佑子孫祈求風調雨順五穀豐收
國泰民安世界大同的祖墳子孫們就
住在這一條整日車水馬龍有小轎車
重型機車超級跑車遊覽車拼裝砂石
車水泥攪拌車農用搬運車呼嘯而過

留下塵土飛揚烏煙瘴氣的狹窄早已
人口外流商店蕭條衹有老人靜坐門
前的省道上老人大概在一個月後就
會將一面中型嶄新眩目有時飄盪有
時消沉有十二道光芒白日青天滿地
紅的國旗準時地插掛在屋簷已被撞
毀生鏽扭曲的鐵皮矮房角落大概在
一個月後在他窄小四壁徒然且充滿
臭酸味的陰暗客廳裡他會再次從那
一台21吋大同映像管電視聽到那一
首耳熟能詳家喻戶曉男女老幼琅琅
上口的國歌：三民主義，吾黨所宗……

2013/09

附
錄

普快上的五四運動

清明

清明了　一張被遺棄的票根

一端說不要忘記我

一端告訴他都很平安

在搖搖欲墜的懸崖旁　搖啊搖

哭著被抱進站　到了就該下車

2011/04

如鯨

直視華美的耀眼光芒

偉大的礁堡於焉成形

將心跳的巨響投食給善索的葵蟲

撫慰原本乾涸的陸棚

如鯨游過

2011/04

飛行

各位旅客　請繫好安全帶
我們即將展開超時空飛行
從現在跳到時間軸之外
由這裡往所有能想像的境地……
「嘿！老師，坐好，這樣很危險！」
車長說

2011/04

空椅

四個人上車後

一個留下一張空椅

一個留下一張空椅的餘溫

一個留下一張空椅的餘溫又被風吹冷了

一個留下一張空椅的餘溫被風吹冷後，火車就開走了

2011/05

蛻化

你覺得我像什麼
鷗鳥或白鯨
你能否看到我的內心
混沌或清明
也許我必須先蛻化
才知道如何飛翔與游行

2011/05

日出

夜幕即將收斂白晝

輪轉的問候從軌道

遠遠傳來　星體愛撫地殼的

喃語　在溫柔的轉角處

日出　地表最輕盈的親吻

2011/05

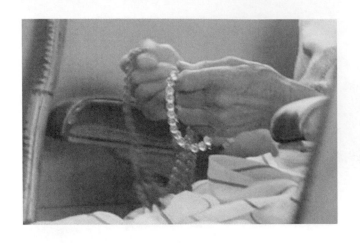

祈禱

阿婆　我也來幫你祈禱
願萬物得到珍惜　生靈得到尊敬
願饑餓的人得到飽足　卑傷的人得到安撫
願世界沒有戰爭　人間再無猜忌
願親人一切平安順利　陌生人萬事如意
阿婆　對不起　這樣偷拍你的願珠
希望沒有打擾你的念力　你的念力力大無窮
能讓你　讓我　讓所有看到的人
夢想成真

2011/09

幽徑

那裡從未有人眺望

或許山上有一雙獸的眼　無意中

吃下了　黑暗的海面

走出了一次窮破幽深的停駐

那時往昔飛降到了眼前

或許步履下有一隻乾死已久的魚

因濾食不到去向而難以瞑目

那裡從未有人歸返

只能偷偷地滲入光影

讓寂靜的暴風雨　再次襲捲

2011/09

微雨

寂寥小站的微雨　淡淡的意念如塵揚起

如絮紛飛　沾上衣襟

是冷冷的　無遠弗屆的籠罩

遠方隱蔽的形體在撲朔迷離裡游移

朦朧中低沉的吟誦已然到達

那指引方向的前進　壯碩

而且堅定　已然潛至深邃的底層

攪擾出強力迴旋的流轉　將意念輕易地噴濺而出

向狂暴的世界　溫柔敘述

2011/09

夜影

夜的身影　投射在圍牆外

在擁擠的樹群後　蝶已合上鱗光的翅

與夜相約　誓盟止息　夜的身影

照亮在屋舍的斜傾下　白日已被收納進夢的抽屜

有舊衣新洗的香味　有一把鏽黃的拆信刀

幾聲金鈴子的歌唱　夜的身影

曾經　被微霜的髮絲縫密　寄出去

2011/10

燕飛

我拿頸項的白羽來梳
我拿流雲的委婉來轉彎
我以新晚漸暗於山後的天光
向下完成了一次隱晦的拉升
一次輕觸芽稍的暗喻
我以細微只有你聽見的餘韻
向你提示輕夜的意念

2011/10

映照

我知道　只需要靜默地吸吐

落葉醞熟的思慮　隱長表層順服的絨毛

我知道　只需要平展臨眺的視野

欣然接收影像暗藏的感動

祂　啊！　我心中活下去的答案

便會憐憫地將我映照成　一首詩

2011/10

小窗

這迴異國度的覷視

啊！　小窗如你從未涉足的疆土

那充溢霉味的守望　陌生世界的掩藏

你的逡尋在隅角外　你的撿拾在關閉

竄流於期望的縫隙　而小窗

仍在不明的維度裡　偷睨

2011/10

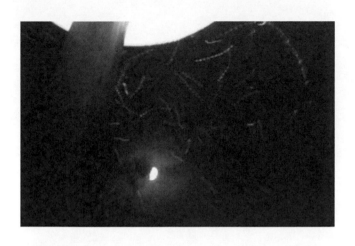

蟲跡

難以違逆　深深植下書寫的命定

明月鑑照　我們服膺你

遙不可及　奉作入夜後的

圭臬　這驅策超越尋獲

凌駕繁衍的豐碩　是的

我們前仆後繼　灼傷自己的複眼

讓你在黑暗中讀出永恆

卻沒有目的的　詭譎

2011/11

蒸騰

所遠望的　持續的節律
無聲的心悸和脈搏
你的眼睜開就日出了
你站起　山嵐便被你擾動
思慮的擴散　生起與滅寂
你的呼吸捲成緩慢的渦流
寫下屏息的凝定⋯⋯

2011/12

白鷺

你們並肩振翅齊飛

銀練的羽翼

一起舉上　一起放下

在夕日將落的田野

你們緊閉長喙

因為眼神的遠眺　是無聲的

因為陽光的拂照　是寂靜的

（啊！　臂膀下令人定睛的陰暗）

你們是一群低翔的白鷺

2012/04

枯零

「好久不見。」月說
我躲著她

香花已謝
蜂也遠飛
我仍在葉下枯零
忘了掉落……

2012/08

幽影

期待你的明亮
照向兀立固執的棘柱
突生在嶙峋的背脊上

只當幽影穿掠過心臟時
微微睜開眼

2012/11

守候

小屋啊！　你的守候是值得的

你為農夫的新秧　守候

你為稻苗的茁壯

為穀禾的熟黃　守候

當農夫謝天地收割完畢

小屋啊！　你是一面無所求的明鏡

老天爺以滿天彩霞　為你加冕

2013/02

勳章

生命啊！

你喜於宣揚冷酷的榮耀嗎？

讓紅花綻放　再枯萎　凋零

讓彩蝶展翅高飛

再殘破　墜落

貼在貧瘠荒涼的大地上

生命啊！

這是你喜於佩戴的勳章？

2013/06

【人是被釘斃在時間之書的死蝴蝶（第九日的底流／羅門）】

【後記】

　　每次清晨上班在玉里車站用磁卡於自動販票機上買票，就得依序按：一張、普快、成人去回、海端。

　　【一張／往事】二十首，回收瀠帶自珍多年，學生時代未正式發表的部份作品當對照組。不知道是想對照出什麼？那時的世故與此刻的生澀？

　　【普快／日子】三十五首，摘錄復筆三年以來，瑣碎日常生活中的點滴感觸。詩的骨肉長自真實生活，真實生活掉落的皮屑毛髮就是詩。

　　【成人去回】三十九首，選不得不隨歲月加深的「成人世界」的苦惱，凝重到飄忽不定的、失控的憂鬱愁煩，以及難以喘息的思親。

　　【海端／界外】十六首，推出關懷社會與世界的重大議題。

　　希尼（Seamus Heaney）：我的焦慮不是關於政治或關於道德真理──當我寫作，我的焦慮是一個作家的焦慮。（對視／貝嶺與希尼的對話，聯合副刊，二〇一三年九月十三日）

　　蕭蕭：「焦急」（Anxiety）正是現代主義所以存在的主要特質。（現代新詩美學，爾雅，二〇〇七）

然而心在現場，腳卻被黏在遙遠的偏鄉，紙上談兵不免令人為之氣結。

　　【普快上的五四運動】展覽圖文小詩二十篇（原一百首）。

　　下班後在無人看守月台等車那十來分鐘，是個人最鍾愛的獨處時刻。給自己期許，力行文字的無功利性。兩年三個月期間，嘗試以傻瓜相機、以手動對焦的即興語句，書寫固定的路徑、固定的景物，尋找顯微鏡下那一隻悄悄蠕動的變形蟲。據悉花東線鐵路將於103年七月全面電氣化，屆時月台上將佈滿被高壓電線切割的破碎天空，老舊的普快列車也將全部除役；爾後來讀、來看這些詩文與圖片，會否感到彌足珍貴？

　　這世界的書還不夠多嗎？為什麼還想增添這一本？

　　周芬伶：我每每看書店進書，裝在很像裝魚貨的醜陋藍加黑塑膠箱中，一箱箱運送，書跟魚差不多，……（創作課／主流與文學流行，聯合副刊，二〇一三年九月七日）

　　不知道當箱子好，還是當魚好？還是當魚吧，這樣至少讓人有掩鼻的機會。

　　紀弦先生孤獨地點火，啟動了台灣現代詩這一輛鏗鏘多頭的火車，到底會開往何處？旅途中的乘客，他們到底也要去哪裡？好了，火車來了，雖然心情忐忑（原本不該下車的時候先下車了），現在還是趕快上車吧。

如今總算有「歸隊」的感覺。

（想感謝的人太多了，請容我繼續留存在內心裡，一一細數。）

2014/03

吹鼓吹詩人叢書25　PG1242

忐忑列車
——黃里詩集

作　　者／黃　里
主　　編／蘇紹連
責任編輯／黃姣潔
圖文排版／高玉菁
封面設計／蔡瑋筠

發 行 人／宋政坤
法律顧問／毛國樑　律師
出版發行／秀威資訊科技股份有限公司
　　　　　114台北市內湖區瑞光路76巷65號1樓
　　　　　電話：+886-2-2796-3638　傳真：+886-2-2796-1377
　　　　　http://www.showwe.com.tw
劃撥帳號／19563868　戶名：秀威資訊科技股份有限公司
　　　　　讀者服務信箱：service@showwe.com.tw
展售門市／國家書店（松江門市）
　　　　　104台北市中山區松江路209號1樓
　　　　　電話：+886-2-2518-0207　傳真：+886-2-2518-0778
網路訂購／秀威網路書店：http://www.bodbooks.com.tw
　　　　　國家網路書店：http://www.govbooks.com.tw

2014年12月　BOD一版
定價：300元
版權所有　翻印必究
本書如有缺頁、破損或裝訂錯誤，請寄回更換

國家圖書館出版品預行編目

忐忑列車 : 黃里詩集 / 黃里作. -- 一版. -- 臺北市 : 秀威
資訊科技, 2014.12
　　面 ；　公分. -- (吹鼓吹詩人叢書 ; 25)
BOD版
ISBN 978-986-326-307-4 (平裝)

851.486　　　　　　　　　　　103024312

讀 者 回 函 卡

感謝您購買本書，為提升服務品質，請填妥以下資料，將讀者回函卡直接寄回或傳真本公司，收到您的寶貴意見後，我們會收藏記錄及檢討，謝謝！
如您需要了解本公司最新出版書目、購書優惠或企劃活動，歡迎您上網查詢或下載相關資料：http:// www.showwe.com.tw

您購買的書名：_____

出生日期：_____年_____月_____日

學歷：□高中 (含) 以下　　□大專　　□研究所 (含) 以上

職業：□製造業　□金融業　□資訊業　□軍警　□傳播業　□自由業
　　　□服務業　□公務員　□教職　　□學生　□家管　　□其它_____

購書地點：□網路書店　□實體書店　□書展　□郵購　□贈閱　□其他

您從何得知本書的消息？

　　□網路書店　□實體書店　□網路搜尋　□電子報　□書訊　□雜誌
　　□傳播媒體　□親友推薦　□網站推薦　□部落格　□其他_____

您對本書的評價：(請填代號　1.非常滿意　2.滿意　3.尚可　4.再改進)

　　封面設計____　版面編排____　內容____　文／譯筆____　價格____

讀完書後您覺得：

　　□很有收穫　□有收穫　□收穫不多　□沒收穫

對我們的建議：_____

_____

_____

_____

11466
台北市內湖區瑞光路 76 巷 65 號 1 樓

秀威資訊科技股份有限公司　　　收

BOD 數位出版事業部

···

（請沿線對折寄回，謝謝！）

姓　　名：＿＿＿＿＿＿＿＿＿　年齡：＿＿＿＿　性別：□女　□男

郵遞區號：□□□□□

地　　址：＿＿＿＿＿＿＿＿＿＿＿＿＿＿＿＿＿＿＿＿＿

聯絡電話：(日) ＿＿＿＿＿＿＿＿＿＿　(夜) ＿＿＿＿＿＿＿＿＿＿

E-mail：＿＿＿＿＿＿＿＿＿＿＿＿＿＿＿＿＿＿＿＿＿